Lisa Haddock
Falsche Korrektur

Lisa Haddock

Falsche Korrektur

Offensive Krimi

aus dem amerikanischen Englisch
von Elisabeth Brock

Frauenoffensive

1. Auflage, 1996

Originaltitel: Edited Out

(Knollerstr. 3, 80802 München)

ISBN 3-88104-278-4

Druck: Clausen & Bosse, Leck
Umschlaggestaltung: Frauke Bergemann, München

Dies Buch ist gedruckt auf Papier aus chlorfrei gebleichtem Zellstoff.

Die Personen

Carmen Ramirez	Schlußredakteurin
Julia Nichols	Aushilfe im Zeitungsarchiv
Edna Sullivan	Carmens Großmutter
Crystal Reeve	Barbesitzerin
Louanne	Julias Cousine
Ralph Sargent	Chef der Schlußredaktion
Ron Blazer	Redakteur
Jeff Green	Redakteur
John Gruber	Redakteur
Terry Harris	Polizeireporterin
Reverend Bobby Ray Metcalf	Pastor
Rachel Metcalf	seine Tochter
Jeannie Moffett	Rachels Großmutter
Dr. Myra Hawkins	Schuldirektorin
Ruby Weller	Grundschullehrerin
Buddy Jefferson	Hausmeister
Holly und Wiley	Carmens Katzen

1

Oklahoma, 1985, Spätsommer

Mitternacht. In der Nachrichtenredaktion war es ruhig – gemessen am Standard einer Zeitung. Der Polizeifunk quäkte, in der Sportredaktion palaverten drei Fernseher und ein Radio, und irgendwo schwatzte das Reinigungsteam.

Nur wenige Menschen arbeiteten noch in dem Großraum, der mit einem meergrünen Teppich, marineblauen Wänden und taubengrauen Schreibtischen ausgestattet war. Die hohen Tiere, die tagsüber die verglasten Büros an den Wänden entlang bevölkerten, und fast alle anderen waren schon vor Stunden gegangen. Wir am Redaktionstisch – diejenigen, die Fehler herausfischen, packende Schlagzeilen und prägnante Bildunterschriften verfassen sollten – saßen unsere Zeit bis zum Ende der Schicht mit dem Lesen sperriger Geschichten für die dicke Sonntagsausgabe ab. Für die morgige Ausgabe hatte es schon zweimal Redaktionsschluß gegeben; zwei Ausgaben wurden bereits an die Leserschaft ausgeliefert.

„Kruzifix", fluchte Ralph Sargent, unser Abteilungsleiter, der Mann, der das letzte Wort hatte, was in die Zeitung kam und was nicht. Sargent, ein grobschlächtiger Kerl mit weißem Bürstenschnitt und dickem Bauch, hieb in die Tasten seines Computers und brummte vor sich hin. Jemand von uns würde eine seiner Botschaften bekommen, den Hinweis auf einen Fehler im Text, verbunden mit einer Rüge, z.B.: Sie sollen Fehler beheben. Nicht einfügen.

Das Hämmern verstummte. Sargent hatte seine Botschaft übermittelt. Ich wartete einige Sekunden. Auf meinem Bildschirm erschien kein Signal. Ich war aus der Schußlinie. Ein anderer hatte einen Fehler gemacht.

Zwölf Uhr fünfzehn. Sargent verkündete: „Das war's, Leute. Ich bin im *Bailey's*. Die erste Runde geht an mich."

Das alte Schlachtroß lächelte schon wieder. Sein Gesicht war immer noch leicht gerötet, aber sein Wanst bebte vor Lachen, als ihm die anderen Redakteure Gute Nacht sagten. Sargent war seit 1950 bei der *Times*, nachdem er im Zweiten Weltkrieg bei einer Elitekampfeinheit gedient und dann auf Staatskosten studiert hatte. Nach einigen Jahren als Reporter wurde er Ende der fünfziger Jahre in die Redaktion versetzt. 1965 wurde er Chef der Schlußredaktion, und seitdem demütigte, belästigte und bekrittelte er seine Untergebenen. In ein paar Jahren würde er pensioniert werden.

„Wann darf ich Ihnen einen Drink spendieren, Carmen?" rief er mir zu.

Ich räumte gerade meinen Schreibtisch auf, sammelte Notizblock, Stifte, Wörterbuch und Thesaurus zusammen und verstaute alles in der Schreibtischschublade.

„Hau mal auf den Putz", fügte John Gruber, ein Kollege, hinzu.

„Heute nicht, Jungs", sagte ich und nahm meine Aktenmappe.

„Kann ich Sie zum Auto begleiten?" fragte John.

Nach kurzem Zögern sagte ich: „Ja, klar."

Frontier City hatte eine hohe Verbrechensrate, und nach Einbruch der Dunkelheit war das Zentrum eine der übelsten Gegenden der Stadt. Unser Gebäude war von finsteren, ominösen Bars umgeben, die von schmierigen langhaarigen Männern geführt wurden. John, ein nervöser kleiner Dicker aus dem ländlichen Missouri, wäre im Notfall keine große Hilfe.

Wir hatten Mitte September, und die Nacht war immer noch schwül-warm. Wir näherten uns meinem Auto, einem neuen marineblauen Honda Civic der einfachsten Ausführung. Die einzige Sonderausstattung war eine Klimaanlage – ein Muß in den langen glühenden Sommern Oklahomas – und ein gutes Radio. Ich konnte mir die Ratenzahlungen nur leisten, weil ich bei meiner Großmutter eine kleine Wohnung über der Garage gemietet hatte. Trotz der beachtlichen Auflagenhöhe der *Times* – wochentags 150 000 Exemplare, sonntags 225 000 – und der lahmen Konkurrenz einer nur halb so großen Abendzeitung wurden wir bezahlt, als arbeiteten wir für eine Wochenzeitung irgendwo im abgelegenen Idaho.

„Ihr Auto gefällt mir", sagte John. „Wann nehmen Sie mich mal mit?"

Warum mußte es immer so enden? „Ich weiß nicht", sagte ich. „Ich muß noch bei Großmutter vorbeischauen."

John sah mich mit unterwürfigem Begehren an. Ich startete den Motor, er trat einen Schritt zurück, und ich fuhr schnell davon. Keine Freundlichkeiten mehr bei John, beschloß ich. Ab jetzt würde ich ganz formell mit ihm umgehen.

Die Straßen im Zentrum waren leer, und innerhalb von Minuten war ich auf dem Crosstown Highway, einem Teil der Interstate 44.

Ich bin in Frontier City, 375 000 Einwohner, im Herzen von Nord-Ost-Oklahoma, geboren und aufgewachsen, auf Land, das einst von der Regierung der Vereinigten Staaten für alle Zeiten dem Volk der Creeks überlassen worden war. Vor weniger als einem Jahrhundert war Frontier City ein Frontier Village, ein Grenzdorf: ein dreckiger kleiner Handelsposten, wo Weiße minderwertige Güter an die Creeks verhökerten und an die Cowboys, die an den Ufern des Arkansas River Halt machten, bevor sie ihre Herden mit Texasrindern zu den Bahnstationen im Norden trieben. Die Entdeckung von Ölquellen hatte Reichtum für viele und schnelle Entwicklung gebracht.

Heute bezeichnet die Handelskammer Frontier City als „Amerikas Heimatstadt“ – eine grelle, neue, glänzende Stadt, bewohnt von freundlichen Menschen.

Die Stadt ist sorgfältig aufgeteilt, um diesem Image gerecht zu werden. Der schlammige, verunreinigte Arkansas River trennt die Industriezone vom Rest. Vom rechten Flußufer aus pumpen die Ölraffinerien Geld in den Handel, Dreck in den Fluß und brennenden Schwefelgestank in die Luft. In der Nähe dieser übelriechenden Giganten wohnen die Raffineriearbeiter mit ihren Familien. Der General Boulevard führt durch das Herz der Stadt. Je südlicher man kommt, desto reicher werden die Viertel. Je nördlicher desto ärmer.

Früher war den Schwarzen nicht erlaubt, südlich des Boulevard zu leben, einzukaufen oder zu essen. Obwohl die Rassenschranken seit Ende der siebziger Jahre bröckelten, wurden Schwarze, die den Boulevard überschritten hatten, um Häuser zu kaufen oder zu mieten, von ihren neuen Nachbarn in der Regel frostig empfangen. Die Stadtverwaltung, vom Büro des Oberbürgermeisters bis zum Abwasseramt, zog den Süden dem Norden und den Osten dem Westen vor. Dienstleistung geht nach Geld. Schulen, Brücken, Straßen und Wasserleitungen wurden auf der richtigen Seite der Stadt in bestem Zustand erhalten, während sich die Leute auf der Nordseite mit heruntergekommenen Schulen, Löchern in den Straßen und undichten Wasserleitungen herumschlagen mußten. Von der Schnellstraße aus konnte ich die goldglänzenden betenden Hände auf dem dreißigstöckigen Gebetszentrum des Reverend Lovell Taft sehen.

Taft, Evangelist der Pfingstlergemeinde, Missionar und Heiler, hatte seine ausdrucksstarke Stimme und dramatische Persönlichkeit hervorragend genutzt. Die Lovell Taft-Universität und das Hauptquartier der Weltweiten Heilsgemeinde besaßen viele Quadratkilometer Grund in erstklassiger Lage im vornehmen schneeweißen Süden.

Fünfzehn Minuten später bog ich in meine Einfahrt in einem weißen soliden Arbeiterviertel. In Großmutters Wohnzimmer brannte wie immer Licht. Sie wohnte in einem kleinen sechzig Jahre alten Holzhaus mit großer mit Fliegendraht vergitterter Veranda. Sie war in den dreißiger Jahren mit Großvater dort eingezogen. Ich kannte Edna Sullivan nur als Witwe.

Ich schloß die Haustür auf. Meine neunundsechzigjährige Großmutter saß in ihrem bequemen, mit goldfarbenem Samt bezogenen Fernsehsessel. Ihr weißes Haar war zu einem langen Zopf geflochten, ihre blauen Augen starrten auf die Late Night Show mit David Letterman. Sie trug eines ihrer baumwollenen Sommernachthemden und rauchte eine kleine Zigarre – eine Gewohnheit, die sie vor den Damen ihrer Sonntagsschule der Baptistenkirche in der Vierzehnten Straße geheim hielt. Der Fernsehapparat lief auf voller Lautstärke, um das Geräusch des Deckenventilators zu übertönen.

„Hi, Grandma“, sagte ich und überreichte ihr die erste Ausgabe der *Times*.

„Danke.“ Sie warf einen Blick auf die Schlagzeilen. „Hast du eine davon geschrieben, Kind?“

Ich deutete auf einen Artikel unten auf der Titelseite. GOVERNEUR TRIFFT SICH MIT DELEGATION AUS JAPAN.

„Ich würde diesen elenden kleinen gelben Bastarden nicht weiter trauen, als ich sie werfen kann.“ Sie blickte wieder auf den Fernseher und paffte ihre Zigarre. Ihrem Mundwerk würde am Sonntagmorgen auch ein Maulkorb angelegt.

„Ich habe Hunger, Grandma“, sagte ich. „Ich werde mir einen Mitternachtsimbiß zusammenkratzen.“

Ich ging zur Hintertür. „Schließ hinter mir ab“, sagte ich.

Sie machte eine wegwerfende Handbewegung. „Gott beschützt mich“, sagte sie. „Der Mistkerl, der sich an mir vergreift, tut mir jetzt schon leid.“

Meine Wohnung lag über der Garage hinter Großmutters Haus. Ich hatte sie einige Monate breitschlagen müssen, bis sie mit meinem Einzug einverstanden war. Sie wollte mich eigentlich im Haus haben. Die Wohnung hatte sie seit Jahren nicht mehr vermietet. Ich hatte Wochen damit zugebracht, die Wände abzuschleifen und zu streichen; dann baute ich Regale, riß den alten vergammelten Teppich heraus und polierte den Holzboden. Ich zahlte ihr zweihundert im Monat. Die Nebenkosten teilten wir; mein Telefon zahlte ich selber.

Ich stieg die Treppe hoch und schob die Tür auf. Wiley und Holly, meine beiden Kater, strichen mir sofort um die Beine. „Hallo, Jungs", begrüßte ich sie.

Wiley – klein, glänzend, grau und geschmeidig – antwortete: „Miau, miau, mag Milch." Er streckte die Vorderpfoten aus, stellte das Fell auf und mir zu Ehren auch den Schwanz. Holly – rundlich, caramelfarben gescheckt – blinzelte mich an. Ich hatte ihn ursprünglich Holiday Inn genannt, weil er ein Hotel für Ungezieferversammlungen war, als ich ihn und Wiley aus dem städtischen Tierheim holte, wo sie Zellengenossen gewesen waren. Davon war Holly übriggeblieben. Als ich mich nach der Post auf dem Fußboden bückte, leckte Holly meine Hand.

„Damit kriegt ihr mich immer rum", sagte ich. „Wenn ich nur ein menschliches Wesen dazu bringen könnte, mich so zu behandeln."

Die Luft stand in der Wohnung, deshalb öffnete ich ein Fenster und schaltete den Ventilator an. Ich sah die Post durch. Jane Swensens vertraute Handschrift auf einem lavendelfarbenen Umschlag ließ mich aufmerken. Ich riß den Brief auf.

Liebe Carmen, ich hoffe, es geht Dir gut. Rita und ich sind gerade in eine neue Wohnung gezogen. Sie würde Dir gefallen. Sie liegt mitten in Central West End. Die Schule ist so hart wie immer, im Januar drohen die Prüfungen.

Und so weiter und so weiter: über Ritas florierende Anwaltskanzlei, Ritas Arbeit an zwei Abenden in einem Frauenhaus; Jane versuchte, obwohl mit ihrer Doktorarbeit in Frauenliteratur ausgelastet, die Frauen des Frauencafés zu überzeugen, alkohol- und nikotinfreie Abende einzurichten. Ich überflog den Brief und kam zum letzten Absatz: *Rita und ich hoffen, daß wir eines Tages alle wieder Freundinnen sein werden und daß du die heilende Kraft in Dir findest.*

„Mistweiber", sagte ich und sank aufs Sofa, zerknüllte den Brief und warf ihn auf den Boden. Sicher konnten wir Freundinnen werden – wie Medea, Jason und seine neue Flamme.

Grandma hatte mich eine „verkommene Höllenkandidatin" und Jane eine „gottlose, schamlose Perverse" genannt, als ich ihr sagte, daß ich lesbisch sei und wir zusammen nach St. Louis zögen. Neun Monate später teilte mir Jane mit, daß sie und Rita, ihre Ex-Geliebte, sich entschlossen hätten, „sich wieder zu verbinden". Ich könnte trotzdem in ihrem Apartment bleiben, versicherte sie mir, bis ich auf eigenen Füßen stünde. Ich hatte einen Teilzeitjob beim *St. Louis Morning Record* und konnte mir eine eigene Wohnung nicht leisten. Ungeachtet der Tatsache, daß Jane der Meinung war, meine Großmutter sei voller „negativer Energien", kündigte ich meinen Job und ging zurück zu Grandma nach Frontier City – gebrochen und gramgebeugt.

Nachdem ich Monate in komaähnlicher Depression verbracht hatte, fing ich gerade an, mich wieder wie ein Mensch zu fühlen. Aber ich hatte immer noch die Taschen voll besinnungsloser Wut. Zum Beispiel machte mich alles rasend, was mit den *St. Louis Cardinals*, Ritas Lieblingsteam, zu tun hatte. Der bloße Anblick von Ozzie Smith, wie er auf dem Astroturf Flickflack machte, rief den Wunsch in mir wach, mit einer AK-47 im Busch-Stadion eine Ein-Frau-Attacke hinzulegen.

Ich habe mich oft gefragt, warum Jane Rita nicht als „männlich identifiziert" kritisierte, weil sie ein Fan der Baseball-Oberliga war. Vielleicht hatte es damit zu tun, daß Rita – eine ein Meter fünfundfünfzig große vegetarische Fitneß-Fanatikerin, die unentwegt joggte und wahrscheinlich eine Lastwagenladung Tofu stemmen konnte – nicht bereit war, sich von irgend jemanden etwas sagen zu lassen.

„Na klar", sagte ich zu dem zerknüllten Brief auf dem Boden. „Leben und lassen. Auf Teufel komm raus."

Es hatte mir den Appetit verschlagen, und so kroch ich ins Bett.

***

In der nächsten Nacht war nicht viel los in der Redaktion. Tödlich gelangweilt hatte ich Berichte über Ratssitzungen in nahen Kleinstädten, Drogenrazzien in städtischen Sozialwohnungen und einige Nachrufe gelesen.

Das Signal *Nachricht kommt* blinkte auf meinem Bildschirm.

Carmen, wir haben einen Sonderauftrag für Sie. Kommen Sie nach Schichtende zu mir. Sargent.

Was sollte das bedeuten? Ich war jetzt acht Monate bei dieser Zeitung und wartete immer noch darauf, von Sargents Grundausbildung aufzusteigen.

Alle ackerten sich bis kurz nach Mitternacht durch die letzten Artikel, dann machte Sargent sein übliches Angebot, im *Bailey's* einen Drink auszugeben.

Ich räumte meinen Schreibtisch auf und ging zu seinem hinüber, der am oberen Ende des Saales stand und hufeisenförmig von Terminals umgeben war. Sargents Arbeitsplatz war mit Abfall übersät – Schokoriegelpapier, Plastikbecher, Pappteller. Sargent starrte immer noch auf seinen Bildschirm. Er suchte die Sportkanäle nach den Baseballergebnissen ab.

„Was gibt's, Ralph?" fragte ich.

„Oh, Carmen, setzen Sie sich", sagte er und deutete auf einen Stuhl. „Ist Ihnen der Fall Barrett ein Begriff – eine lesbische Lehrerin, die ein zwölfjähriges Mädchen ermordet und dann sich selbst umgebracht hat?"

Der Fall Barrett. Die bloße Erwähnung genügte, um jede Lesbe im Umkreis von fünfhundert Meilen vor Zorn puterrot anlaufen zu lassen. „Nun, Ralph, also ich war damals in St. Louis,. Mein Hintergrundwissen über die Geschichte ist nicht eben gut."

„Sie ist jetzt genau zwei Jahre her, und wir planen eine Sonderserie."

„Eine Serie über den Mord?" fragte ich.

„Über den Mord, über homosexuelle Lehrerinnen und Lehrer, über die Gefahr, die sie darstellen, so in der Art. Ich möchte, daß Sie mitarbeiten. Sie werden es mit Jeff Green zu tun haben. Er meint, was er schreibt, sei reines Gold, aber Sie müssen genau hinschauen. Er ist ein aufgeblasener Kerl."

„Wer ist verantwortlich für die Serie?"

„Blazer."

Jeff Green und Ron Blazer. Ein Wunder, daß sie keinen Anbau gemacht hatten, um ihre Egos darin unterzubringen. Noch keine dreißig, hatte Green, ein ehemaliger Polizeireporter, anscheinend eine Rakete an seiner Karriere befestigt. Ich begriff nicht, wie er die blutigen Polizeisachen aufgeben konnte, um sich mit kommunalen Themen zu befassen und dann die Sonderseiten zu übernehmen.

Besonders gern verschlang er Sandwiches mit halbrohem Rindfleisch, während er sich über verspritzte Hirnmasse und aufgerissenes Fleisch ausließ, das er an Tatorten gesehen hatte. Er brüstete sich auch gern mit einem neuen Mädchen.

Blazer, Mitte Vierzig, galt bei den Redakteuren als feindselig und unkommunikativ.

Und warum sollte ich an dieser Serie mitarbeiten? Nach

meinem Dafürhalten wußte niemand bei der Zeitung über mich Bescheid. Frontier City war kein Ort für Lesben. Warum sollte Sargent gerade mich für diese Sonderaufgabe aussuchen, wenn er es überhaupt selbst getan hatte? In der Redaktionshierarchie war ich ganz klar am unteren Ende der Pyramide. Sargent schickte mir selten die Titelseite zur Bearbeitung. Bei jeder anderen Zeitung unserer Größenordnung wäre ich Sekretärin. Aber die *Times* war bereit, unerfahrene Leute in der Schlußredaktion arbeiten zu lassen, weil sie billig waren. Tatsächlich hatte ich als Sekretärin in St. Louis einen Dollar pro Stunde mehr verdient.

Byron Kane, Sargents alter Saufkumpan und Kamerad in vielen Schlachten bei der *Times*, war der Topmann am Redaktionstisch und die rechte Hand des Chefs. Kane vertrat Sargent an seinen freien Abenden. Ansonsten befaßte er sich ausschließlich mit prestigeträchtigen Artikeln – Titelgeschichten und Leitartikeln. War eine Serie wichtig, dann wurde Kane damit beauftragt. Entweder wollte Kane die Serie nicht machen, oder sie wurde als nicht so bedeutend eingestuft.

Dann waren da noch Gruber, der Junge aus Missouri, der bei dem Wort „Lesbe" wahrscheinlich in Ohnmacht fiele; Max Connor, König der kühnen Schlagzeile (Lesbe mordet Wespe, hätte er wahrscheinlich getitelt); Dave Baker, milchgesichtiger Absolvent der Universität von Kansas; und Rhoda Sears, Lovell Taft-Absolventin, die zweifellos Anita Bryants Theorie über Homosexualität anhing. Und die Teilzeitkräfte, die nicht genug Stunden zusammenkratzen konnten, um sich mit so einem Projekt zu befassen.

„Wann soll ich anfangen?"

„Morgen abend."

Ich ging zur Tür.

„Sehen wir uns im *Bailey's?"*

„Ich hab's eilig, Ralph. Trotzdem, danke", sagte ich, fest entschlossen, gleich nach Hause zu fahren.

Auf der Treppe wurde mir klar, daß ich nicht nach Hause wollte. Ich merkte, wie es mir die Kehle abschnürte. Ich war einsam, gelangweilt, isoliert und hatte die Gesellschaft ordinärer Heterosexueller satt. Niemand in der Redaktion kannte mich, wie ich wirklich war.

Es war an der Zeit, mich unter Menschen meiner Art zu begeben. Ja, so war es. Die Märchenprinzessin würde nicht auf einer schwarzen Harley daherbrausen und mich in ihr Schloß entführen.

In Frontier City hatte ich nur eine Wahl: *Crystal's*, die einzige Frauenbar im Umkreis von neunzig Meilen. Von der Pförtnerloge in der Eingangshalle rief ich Großmutter an. Nach dem zweiten Klingeln nahm sie den Hörer ab.

„Grandma?" sagte ich.

„Du bist auf dem Weg nach Hause, Kind", sagte sie. Das war ein Befehl, keine Frage.

Es ist mein Leben. „Nein, ich gehe noch aus."

Sie schnappte nach Luft. „Was hast du vor?"

„Nichts", sagte ich. „Ich wollte dir nur Bescheid sagen, damit du dir keine Sorgen machst."

Mein Herz klopfte heftig, als ich zum Auto ging. Ich war lange nicht mehr im *Crystal's* gewesen. Ich versuchte, optimistisch zu sein. *Wer weiß, wer weiß? Ich seh' nicht übel aus. Vielleicht lern' ich eine kennen.*

Ich summte eine Melodie aus „Cabaret" und fuhr Richtung East Side.

***

Auf dem Parkplatz des kleinen schäbigen Lokals sank mir das Herz. Da standen höchstens zehn Autos.

Die dunkle, verrauchte Bar war nur spärlich bevölkert. Ich spähte ins Hinterzimmer. Die Wände waren mit Bildern nackter Blondinen mit riesigen Brüsten dekoriert – die gleichen geschmacklosen Bilder, die schon hingen, als ich das letzte Mal hier war. Ein paar Frauen spielten Billard. Sie sahen so ernst aus, daß ich gar nicht erst versuchte, mit ihnen ins Gespräch zu kommen. Die Musikbox spielte „Lookin' for Love". Die Tanzfläche war leer. In einer Ecke küßte sich ein Paar so leidenschaftlich, als wollten sie gleich Sex machen. *Alle haben eine Freundin, nur ich nicht.*

Ich sah auf die Uhr. Halb eins. Wenn das Lokal jetzt nicht voll war, würde es damit wohl nichts mehr werden. Ich saß an der langen schwarzen Bar. Die einzige weitere Kundin war eine Frau mittleren Alters mit ungepflegtem, schulterlangem, rotgefärbtem Haar. Sie trug ein schäbiges blaues Arbeiterhemd und Jeans. Vor ihr stand eine Flasche Jack Daniels, und sie schien entschlossen, sich in die Internationale Quartalssäuferliga einzutrinken.

Ich schaute weg. Crystal persönlich hatte heute Dienst. Sie war eine breitgebaute, kräftige weißhaarige Frau mit eindrucksvollem Herrenschnitt; eine königliche Erscheinung zwischen den Flaschen, den verspiegelten Wänden und dem Blinken der Weihnachtslichter.

„Ich brauche irgendeinen Ausweis, Kleines", sagte sie. Ihr astreiner West-Texas-Akzent klang, als habe sie eine permanente Kopfgrippe.

Zögernd reichte ich ihr meinen Führerschein. Auf dem Foto sah ich aus wie eine Idiotin. Sie musterte durch ihre Metallbrille, die sie an einer Kette am Hals trug, das Dokument. „Vierundzwanzig, also alt genug. Was darf's sein?"

„Was für Bier gibt es?"

Crystal zählte auf: Bud und Bud Light vom Faß, aus der Flasche, Michelob, Michelob Light, Löwenbräu, Heineken, Foster's.

„Foster's", sagte ich. Nicht mein Lieblingsbier, aber gut in der Not. Und ich war in Not. Ich brauchte dringend etwas zum Aufmuntern.

„Nicht viel los heute."

„Leider", sagte Crystal und wischte über den Tresen.

Ich stand auf und ging zur Musikbox. Die meisten Lieder waren neu seit meinem ersten Besuch, als ich vor einem Jahr nach Frontier City zurückgekommen war, aber die Mischung war die gleiche. Ein Drittel Country-Musik, ein Drittel Hits und der Rest eine dürftige Mischung Tanzmusik.

Jane. Wie ich mich auch bemühte, sie zu hassen, zu ignorieren, zu vergessen, ich konnte sie nicht aus meinen Gedanken verbannen. Ich hatte sie an Halloween 1982 bei einem Campingwochenende kennengelernt, das vom Fortschrittlichen Studentenbund gesponsert war. Ich war einundzwanzig Jahre alt und studierte Journalismus an der Universität von Frontier City. Obwohl ich akademisch erfolgreich war – ich hatte die besten Noten und war Herausgeberin der Studentenzeitung –, lebte ich in Angst und Schrecken. Ich wußte, daß ich lesbisch war, hatte aber einen Horror davor, irgendwem davon zu erzählen, geschweige denn entsprechend zu handeln.

Tief in den Wäldern am Ufer des grau-grünen Grand River hatte ich Jane entdeckt, sechsundzwanzig Jahre alt, Studentin des Fachgebiets Frauenliteratur und die eindeutigste Lesbe, die ich je gesehen hatte.

Sie war kleine und stämmig, steckte in einer unförmigen Khakihose und einem weiten Wollpullover, hatte kurzgeschnittenes mittelbraunes Haar und leuchtend blaue Augen. Ich verliebte mich sofort. Das ganze Wochenende war ich ihr auf den Fersen. Sie war all das, was ich auch sein wollte – stark, selbstbewußt, wortgewandt, belesen, radikal und offen lesbisch. Jane versprühte das Wochenende über politische Ansichten, die ich Wort für Wort in mich aufsaugte.

Bald nachdem wir ein Liebespaar geworden waren, kamen wir in Crystals Bar. Unser Besuch endete schrecklich. Jane trank keinen Alkohol – Gift, wie sie immer sagte –, und ich hatte einige Gläser Bier zuviel getrunken und Jane angefleht, mit mir auf die Tanzfläche zu gehen. Sie sagte, sie könne in einer von heterosexueller Musik verseuchten Umgebung nicht tanzen, und so gingen wir schließlich früh nach Hause.

Jane. Ich war allein in dieser schäbigen Bar und hatte keine zum Reden. Die Erinnerung an Jane, die mit Rita in St. Louis häusliches Glück spielte, suchte mich immer noch heim. Mein Leben hatte noch immer ein Leck.

Ich steckte einen Dollar in Crystals Trinkgeldbüchse und ging zur Tür.

2

Am nächsten Tag suchte Großmutter Streit. Sie mußte unbedingt das Blumenbeet direkt unter meiner Wohnung jäten, wobei sie immer wieder zu meinem Fenster hinaufsah, um meinen Blick zu erhaschen. Ich ließ mich nicht piesacken, sondern verbrachte den ganzen Vormittag und den frühen Nachmittag damit, wie wild zu putzen – spülte Geschirr, staubte ab, fegte und wischte das Bad.

Gegen zwei Uhr duschte ich, um zur Arbeit zu gehen. Ich wollte früher dort sein, um in den alten Ausgaben der *Times* die Artikel über den Fall Barrett nachzulesen. Ich zog Jeans und ein blaues Hemd mit geknöpftem Kragen an und schwarze Stoffstiefel mit Stulpen. In der Nachtschicht wurde die Kleiderordnung sehr locker gehandhabt. Nur Sargent hielt sich an die Form und kam im dunklen Anzug, weißen Hemd und Krawatte. Ich nahm immer einen Pullover mit, weil man sich wegen der Klimaanlage in der Redaktion wie im Kühlraum einer Metzgerei fühlte.

Ich kämmte mein Haar zurück. Ich war zu geizig, um außer an den allerheißesten Tagen die Klimaanlage in meiner Wohnung einzuschalten, deswegen konnte ich mir den Fön sparen. Ich trug mein dickes schwarzes Haar ganz kurz, so hatte ich damit wenig Arbeit. Ein bißchen Haarspray war alles, was ich brauchte.

Die Nachmittagshitze hatte Großmutter schließlich ins Haus getrieben, und ich rannte zum Auto. Gerade als ich die Tür aufmachte, stapfte sie auf mich zu und trocknete ihre Hände heftig an der Schürze ab.

„Wo bist du gewesen, Kind?"

Ich lasse mich nicht von ihr nerven. „Ich lasse mich auf keine Diskussion ein. Ich bin erwachsen."

„Vor nicht allzu langer Zeit warst du noch nicht so hochnäsig. Du hast Rotz und Wasser geheult wie ein dreijähriges Kind, wegen dieser *Freundin.*"

Das tat weh. Sie wußte genau, wo sie mich treffen konnte.

Ich räusperte mich. „Grandma, wenn du mir jedesmal die Hölle heißmachst, wenn ich ausgehe, ziehe ich so bald wie möglich aus."

Sie zögerte. „Läßt du dich wieder mit diesen verdammten Perversen ein?"

„Laß gut sein", sagte ich.

„Ich hätte nie zulassen dürfen, daß du nicht mehr in die Kirche gehst."

Ich ließ den Motor an und fuhr rückwärts aus der Einfahrt. *Soll sie wüten, soviel sie will.*

Ich kam eine Stunde früher zur Arbeit als sonst, aber die Parkplätze auf den Straßen rund um die *Times* waren alle besetzt. Schließlich stellte ich den Wagen auf einem bewachten Parkplatz ab, was ich äußerst ungern tue, und steckte die Gebühr für drei Stunden in den Automaten. In der Pause konnte ich das Auto immer noch umsetzen.

Tagsüber war die Redaktion von Lärm erfüllt: Reporter

belagerten ihre Informanten am Telefon, schrien sich gegenseitig und die Redakteure an.

Abends, wenn wir Hunderte von grünen Buchstaben durchforsteten, die auf den schwarzen Bildschirmen glühten, war die Atmosphäre sachlicher. Wir suchten nach orthographischen Fehlern, sachlichen Irrtümern und einfach schlechtem Schreibstil.

Ich setzte mich an einen Computer, der normalerweise von Dan Johnson benutzt wurde, der sich auf Natur- und Jagdthemen spezialisiert hatte. Er war wohl draußen und hatte gerade einen rekordverdächtigen Fisch an der Angel oder legte auf einen Zehnender an. Sein Arbeitsplatz war mit Bildern von Tieren gepflastert, die er kürzlich „geerntet" hatte.

Jeder Terminal in der Redaktion konnte mit der Datenbank des Zeitungsarchivs verknüpft werden. Man mußte nur ein paar einfache Befehle eingeben und konnte Artikel nach Namen, Worten, Sätzen, Datumszeile, Schlagzeile, Tag und Autor aufrufen.

Ron Blazer – ein erfahrener Journalist – hatte den ersten Artikel über den Barrett-Fall verfaßt. Er schrieb anschaulich. Es war deutlich, daß ihm seine Arbeit Spaß gemacht hatte.

Das Opfer war die zwölfjährige Rebecca Metcalf, Tochter des Reverend Bobby Ray Metcalf, Pastor der prosperierenden Southside Tabernacle of Hope-Gemeinde und Angehöriger des Lehrkörpers und des Kuratoriums der Lovell Taft-Universität. Viele Beobachter glaubten, daß Metcalf dazu bestimmt war, Tafts Stelle einzunehmen; Taft und seine Frau, Sarah Mae, hatten keine Kinder. Die kleine Rebecca wurde in der Wohnung ihrer Klassenlehrerin, der zweiundvierzigjährigen Diane Barrett, aufgefunden. Sie war keinen leichten Tod gestorben. Die Autopsie hatte ergeben, daß Gesicht und Arme aufgeschürft und zerkratzt waren, ein Hinweis, daß sie mit ihrem Mörder gekämpft hatte. Todesursache war ein heftiger Schlag auf den Kopf. Am Tatort wurden Blutspuren und Haare gefunden, die bewiesen, daß sie gegen den Couchtisch in Barretts Wohnzimmer gefallen war. Schrecklicher noch: Im Genitalbereich fanden sich Anzeichen von Gewaltanwendung.

Barrett, seit sechzehn Jahren Lehrerin an der Washington-Grundschule, hatte an der Universität von Frontier City ihr Studium als Grundschullehrerin absolviert.

Am frühen Morgen nach dem Mord hatte sie – betrunken und kaum verständlich – um zwei Uhr fünfunddreißig die Polizei angerufen und die Tat angezeigt. Als die Polizei eintraf, war Rebecca schon mehrere Stunden tot. Die Polizei stellte bei Barrett lediglich Blutspuren an ihren weißen Tennisschuhen und an den Knien ihrer Hose fest. Später schloß die Polizei daraus, daß Barrett die Kleidung, die sie bei der Mordtat trug, vernichtet hatte. Von Reue überwältigt, hatte sie sich in den folgenden Stunden schwer betrunken und dann durchgerungen, am frühen Morgen die Polizei zu rufen. Einige Tage nach dem Verbrechen veröffentlichte Blazer eine Charakterstudie von Barret, und da wurden auch Dianes lesbische Beziehungen und ihre schwere Trinkerei aufgelistet.

Eine Woche nach dem Mord beging Barrett, die von der Polizei zwar gründlich verhört, aber nicht angeklagt worden war, Selbstmord. Sie hatte ein hohe Dosis Valium genommen, in Verbindung mit Alkohol, und war an ihrem Erbrochenen erstickt, wie der Gerichtsmediziner in seinem Bericht schrieb. Barrett hatte keine Notiz hinterlassen, daß sie sich umbringen wollte.

Bald darauf folgerte ein Gericht, daß Diane tatsächlich die Täterin war, und der Fall wurde abgeschlossen.

Weil ich die Zeit bis zum Schichtanfang totschlagen mußte, ging ich ins Archiv, um mir die Gesichter anzusehen, die zu den Fakten gehörten. Neben dem Bildarchiv waren in diesem

Raum auch Nachschlagewerke und mikroverfilmte Ausgaben der *Times* untergebracht. Als ich eintrat, stieß ich mit einer anderen Person zusammen. Fotos von Elvis flogen auf den Boden.

„So geht das schon den ganzen Tag“, sagte die Frau, die eine leere Mappe mit der Aufschrift ELVIS PRESLEY in der Hand hielt.

„Es tut mir so leid“, sagte ich. „Das wollte ich wirklich nicht.“

„Schon gut.“ Sie lächelte mich verzeihend an.

Sie hatte schöne grüne Augen, kurzes blondes Haar und sonnengebräunte Haut. Sie trug einen leichten blauen Baumwollpullover und eine leichte graue feine Hose. Ein wenig größer als ich, etwa ein Meter fünfundsiebzig, sah sie wie eine Sportlerin aus, eine Tennisspielerin vielleicht. Ich hatte das Gefühl, sie etwas zu lange angestarrt zu haben, deswegen bückte ich mich und fing an, die Fotos aufzuheben. Sie ging neben mir in die Hocke, und ich sammelte eifrig Bilder ein, um sie nicht aus dieser Nähe anzusehen.

Als wir fertig waren, stand sie auf und streckte mir die Hand entgegen, um mir aufzuhelfen. „Julia Nichols, Zeitungsarchiv“, sagte sie.

Ich griff nach ihrer Hand. „Carmen Ramirez, Schlußredaktion“, sagte ich und kam auf die Füße.

„Es gibt Sie also wirklich?“ fragte sie.

„Wie bitte?“

„Nun, ich bin nur eine kleine Teilzeitkraft. Aber Sie sind eine leibhaftige festangestellte Redakteurin.“

„Ach, so meinen Sie das. Seit wann arbeiten Sie hier?“ fragte ich.

„Seit letzter Woche“, sagte Julia. „Ich mache mein Praktikumssemester. Ich bin an der Uni von Frontier City. Ich muß gehen. Die Chefin vom Modernen Leben wollte ganz schnell diese Bilder.“

„Tut mir leid, daß ich Sie aufgehalten habe.“

Sie eilte davon.

Ich benutzte das automatische Suchsystem und fand schnell den Ordner mit den Bildern von Diane Barrett, der zwölfjährigen Rebecca und ihrem Vater.

Barretts Collegefotos zeigten eine ernst blickende Frau mit dunklen Augen und langem dunklem Haar. Sie hatte ein unauffälliges, trauriges, aber doch hübsches Gesicht. Zwanzig Jahre und eine Mordanklage hatten ihrer Erscheinung zugesetzt. Ein Fotograf der *Times* hatte sie geknipst, als sie von zwei stämmigen Beamten ins Polizeirevier geführt wurde. Barretts Gesicht sah aufgedunsen aus, in ihren dunklen Augen lag unaussprechliche Trauer. Das letzte Foto zeigte Barretts zugedeckte Leiche, die von Sanitätern auf einer Bahre aus ihrem kleinen weißen Haus in Central Frontier City gerollt wurde.

In Rebeccas Akte waren mehrere Fotos aus der Schulzeit, auch eins aus der sechsten Klasse. Ein nett aussehendes Mädchen an der Schwelle der Pubertät. Rebecca hatte glattes, langes helles Haar und trug einen Mittelscheitel. Ihre Lippen waren zu einem Erwachsenenlächeln zusammengepreßt. Ihre hellen blauen Augen blickten ein wenig schelmisch. Und dann folgte das obligatorische Foto ihres toten Körpers, der auf einer Bahre aus Barretts Haus gerollt wurde, mit mehreren Polizisten im Hintergrund.

Vom Vater gab es verschiedene Aufnahmen. Die professionellen Fotos zeigten einen ernsten Mann mit großen blauen Augen, das dunkle, nur leicht ergraute Haar glatt zurückgekämmt. Ein Schnappschuß zeigte ihn in Aktion auf dem Podium, mit ausgestreckten Armen, in Kreuzigungspose und mit verzerrtem Gesicht. Ein weiteres Foto war höchst eindrucksvoll. Es zeigte ihn und seine zweite Tochter, Rachel, damals sechzehn, auf dem Weg zur Beerdigung. Beide wirkten wie Wachsfiguren, ihr Gesichtsausdruck war vollkommen leblos. Er hatte seinen Arm fest um ihre Taille geschlungen, als hielte er sie aufrecht.

Ich nahm mir noch einmal die Bilder von Barrett vor. Die Frau wirkte so freudlos, selbst in ihrer Schulzeit. Was in aller Welt hatte sie so traurig gemacht? Auf dem Foto mit den beiden Polizisten sah sie wie ein in die Ecke getriebenes Kaninchen aus, überhaupt nicht wie eine Mörderin, am allerwenigsten wie eine Kindsmörderin. Was hatte sie zu dieser Tat getrieben? Es paßte nicht zusammen.

Zehn vor vier. Arbeitsbeginn. Ich steckte die Bilder in die Mappen zurück.

In dem Moment kam Julia. „Kann ich Ihnen helfen?"

„Nein, danke. Ich bin fast fertig."

„Die Redakteurin von Modernes Leben konnte sich ewig nicht entscheiden, welches Bild sie wollte. Dann schickte sie mich ins Labor. Sie wollen Elvis in Farbe haben."

„Macht nichts. Ich habe gefunde, was ich brauche."

„Bestimmt?"

„Ja. Alles in Ordnung. Danke."

Ich winkte Julia zu und ging in die Redaktion.

***

An diesem Abend befaßte ich mich nicht viel mit dem Fall Barrett. Ich studierte einen Lageplan des Tatorts, der Rebeccas Körper zeigte und den Grundriß von Barretts Haus. Ferner las ich eine Chronologie ihrer letzten Stunden. Rebecca war an diesem Tag um acht Uhr dreißig zur Schule gekommen und hatte sie um drei Uhr wieder verlassen. Etwa fünf Minuten später war sie zu Hause. Sie aß eine Kleinigkeit mit ihrem Vater. Um vier Uhr sollte sie zur Klavierstunde im Musikgebäude der Lovell Taft-Universität sein, kam dort aber nie an. Frühmorgens um zwei Uhr fünfunddreißig meldete Diane Barrett der Polizei den Fund von Rebeccas Leiche.

Plötzlich fiel mir auf, daß es im Haushalt der Metcalfs keine Mutter gab. Aber auch diese Mädchen waren von einer geboren worden. Ich mußte herausfinden, von wem und wo sie jetzt war.

Ich korrigierte ein paar Druckfehler und machte mich dann an die Arbeit für die morgige Zeitung. Sargent entließ uns kurz nach Mitternacht.

Als ich in unsere Einfahrt bog sah ich, daß in Großmutters Wohnzimmer kein Licht mehr brannte. Sie mußte sich ziemlich aufgeregt haben; so leicht verzichtete Grandma nicht auf ihre nächtlichen Fernsehfreuden. Ich sah zu ihrem Schlafzimmerfenster hoch. Sieh da, sie sah sich Letterman in ihrem Schwarz-Weiß-Apparat an.

Ich stieg die Treppe zu meiner Wohnung hinauf. Die Katzen begrüßten mich ganz besonders freudig. Wiley miaute und schnurrte laut, Holly schnüffelte und rieb sich an meinen Knöcheln.

Der Anrufbeantworter hatte eine Nachricht für mich.

„Carmen, hier spricht dein Vater“, meldete sich Raúl Ramirez mit seinem hellen puertoricanischen Akzent. „Bitte ruf mich an. Es ist elf Uhr deiner Ortszeit. Ich werde lange auf sein.“

Mein Vater und ich standen uns nicht sehr nahe. Meine Eltern waren kurz nach meiner Geburt von Oklahoma nach New York City gezogen, so daß mein Vater, der damals als Buchhalter bei einer Ölfirma angestellt war, ins Reisebüro seines Bruders Enrique einsteigen konnte. Kurz vor meinem ersten Geburtstag wurde meine Mutter, Anne, bei einem Verkehrsunfall getötet, und mein Vater brachte mich zu Grandma Sullivan, die mich bei sich aufnahm. Ich hatte meinen Vater in all den Jahren nicht oft gesehen, obwohl er regelmäßig anrief und Geschenke schickte. Für eine innige Beziehung hatte das nicht gereicht.

Ich wählte Raúls Nummer.

„Habe ich dich geweckt?“ fragte ich.

„Nein, nein. Ich habe ferngesehen."

„Was gibt's?"

„Wie geht es dir?"

„Gut. Und dir?"

„New York ist voller Verbrecher und Schmutzfinken. Aber das Geschäft läuft. Dein Onkel und ich sind erfolgreich."

„Schön zu hören", sagte ich.

„Wie geht es deiner Großmutter?"

Ich war der einzige Grund, weshalb die beiden noch höflich-kühl miteinander redeten. Grandma hatte Raúl von Anfang an nicht gemocht. Die Vorstellung, daß sich ihre hellhäutige rothaarige Tochter mit einem dunkelhäutigen Puertoricaner traf, widerte sie an. Sie war sich ganz sicher, daß Raúl zu Hause eine Frau und zwölf Kinder hatte und meine Mutter nur benutzen wollte, um sein Blut und sein Erbgut aufzufrischen. Raúl war ein Gentleman und sprach nie schlecht von Grandma, obwohl ich annahm, daß er ihr im stillen grollte.

„Oh, es geht ihr gut. Sie ist gereizt und gemein."

„Brauchst du etwas? Geld vielleicht?"

Ich sah mich in meiner Wohnung um. Das Sofa und der Couchtisch stammten vom Trödel. Töpfe und Geschirr waren Sonderangebote, die mir Grandma überlassen hatte.

„Nein. Ich komme zurecht."

„Hast du einen Freund?"

Ich atmete tief ein. Er würde es nie verstehen. „Nein. Und du brauchst auch mit keinem zu rechnen."

„Das tut mir leid", sagte er leichthin. „Ich freue mich schon darauf, Großvater zu werden."

„Warum siehst du dich nicht nach einer jungen Frau um?" fragte ich.

„Ich habe nicht den Wunsch, wieder zu heiraten. Deine Tia Teresa versorgt mich gut."

Glückliche Tante Teresa. Onkel Enriques Frau stand wahrscheinlich vierundzwanzig Stunden am Tag am Herd oder an der Waschmaschine.

Er bemühte sich noch einmal. „Brauchst du wirklich nichts?“

„Nein, wirklich nicht. Danke, daß du fragst.“

„Gut, dann mache ich Schluß. Gott segne dich“, sagte er.

Wir legten auf.

Ich atmete tief durch. Ich war deprimiert.

***

Nach einer unruhigen Nacht wachte ich um halb elf auf und verbrachte den Vormittag damit, die Anzeigen nach einer neuen Wohnung durchzugehen. Gern tat ich es nicht. Ich hatte mich gerade erst eingewöhnt, und Grandma war, trotz ihrer Fehler, meine einzige nahe Angehörige. Die spätsommerliche Hitze würde den Umzug erschweren. Und mein Einkommen war knapp. Ich würde sparsam leben müssen, um genug Geld für die Kaution aufbringen zu können. Ich fand etwa fünfzehn passende Anzeigen und notierte mir die Adressen und Telefonnummern.

Gegen halb zwölf kam Großmutter aus dem Haus und ging zu ihrem riesigen grünen Ford. Sie fuhr wohl zum Einkaufen. Normalerweise bot sie an, mir einiges mitzubringen. Sicher fragte sie nicht, weil sie so verärgert war. Sie war eine Expertin in eisiger Behandlung.

Nachdem ich ein paar Anrufe gemacht hatte – einige Wohnungen schienen ganz vielversprechend –, legte ich die Rolling Stones auf und mischte Tomaten, Paprikaschoten, Zucchini, Salatblätter und Zwiebeln aus dem Garten zu einem Salat.

Ich fragte mich, ob Grandma mir das Ernterecht im Gemeinschaftsgarten entziehen würde. Ich hatte geholfen, das Zeug zu pflanzen, ich teilte das Wässern und Unkrautjäten mit der alten Fledermaus, aber sie mochte ihre Produkte vielleicht nicht mit einer Perversen teilen.

Mein Leben war wieder reparaturbedürftig, wie ein alter Staubsauger. Leider hatte mich Grandma als Baptistin aufgezogen. Am liebsten wäre ich in ein Kloster gegangen. Da brauchte ich mir keine Sorgen zu machen um die Wohnung, um die Miete, was ich anziehen und essen sollte. Ich hätte nichts weiter zu tun als mit einem Haufen Frauen herumzuhängen, zu beten, zu singen und mich schwarz anzuziehen. Diesem Leben fühlte ich mich gewachsen.

Nach dem Mittagessen und einem ausgedehnten Bad fand ich ein paar Tüten mit Lebensmitteln am Fuß der Treppe zu meiner Wohnung. An einer steckte ein Zettel.

Carmen, du schuldest mir 32,50 Dollar. Ich habe dir das Übliche mitgebracht. Grandma.

Nun, zumindest wollte sie mich nicht aushungern. Ich verstaute die Lebensmittel und ging zu ihrem Haus hinüber. Als ich durch die Hintertür eintrat, sah ich, daß sie sich eine Seifenoper ansah.

„Grandma, ich lege das Geld in die Küche“, rief ich. „Danke.“

Sie sah auf und winkte mir zu verschwinden.

So ging also das Spiel. Sie holte mich immer wieder her, um mich dann wegzuschubsen. Kaum zu glauben, daß sie fast siebzig war. Sie benahm sich wie eine Viertklässlerin. Ich ging hinaus.

Ich legte Peggy Lee auf und überlegte, was ich zur Arbeit anziehen sollte. Im Sommer trug ich zu Hause abgeschnittene Jeans und T-Shirts. Grandma war entsetzt, daß ich mir nicht mehr die Beine rasierte. Ich wählte ein rotes Polohemd und eine weite Khaki-Hose. Ich wollte mich nicht eingezwängt fühlen.

***

Die heiße Nachmittagssonne brannte auf die weißen Wände und die Chromeinfassungen und machte den Metro Coffee Shop unerträglich hell. Deswegen behielt ich die Sonnenbrille auf. Der Duft von frisch gemahlenem Kaffee machte das grelle Licht wieder wett. Ich bestellte einen Eiskaffee und setzte mich an einen Ecktisch, damit ich die Geschäftsmänner und Alkis draußen beobachten konnte.

„Hallo, warum die Sonnenbrille?"

Julia Nichols aus dem Zeitungsarchiv stand hinter mir. Sie trug eine weiße Hose und ein weites grünes Hemd.

„Oh, hallo", sagte ich. „Das Licht, ich meine, finden Sie es nicht auch ein wenig zu hell?" Ich legte die Sonnenbrille auf den Tisch.

„Ja, möglich. Ich dachte, vielleicht sind Sie eine Filmschauspielerin, die sich vor der Öffentlichkeit verstecken möchte", sagte Julia. „Darf ich mich zu Ihnen setzen?"

„Ja, gern", sagte ich. Der Tag sah bereits besser aus.

„Die Computer sind zusammengebrochen", sagte Julia und schob ihren Stuhl an den Tisch. „Der Chef hat uns alle spazieren geschickt."

Ich versuchte nicht zu bemerken, wie das Grün ihres Hemds und das warme Licht die Farbe ihrer Augen betonten. Ich versuchte auch ihre langen sonnengebräunten Arme nicht zu bemerken. „Also, was trinken Sie?"

„Orange Pekoe." Sie legte ihren Kopf schräg und lächelte. Es war ein nettes Lächeln.

„Klingt gut", sagte ich und räusperte mich. „An heißen Tagen geht nichts über Eistee."

„Carmen, darf ich Sie etwas fragen?"

Carmen, sind Sie lesbisch? Nein. Das konnte es nicht sein. „Aber sicher", sagte ich betont beiläufig.

„Kann jemand Redakteurin sein und gleichzeitig ein netter Mensch?"

Ich lachte erleichtert. „Das ist eine schwerwiegende Frage."

„Ich habe festgestellt, daß die Redakteure der *Times* anscheinend riesige Stangen in ihrem Rücken implantiert haben, wenn Sie versehen, was ich meine."

Sie lächelte wieder – breit, offen, ehrlich, einladend. Sie hatte makellose weiße Zähne. Wollte sie nie aufhören zu lächeln? Ich kicherte nervös. Warum hatte ich bei attraktiven Frauen immer dieses Problem? Weil ich schon zu lange allein war. Ich war an einem Punkt, da hätte ich auch mit Godzilla geflirtet.

Ich setzte zu einer Rede an: „Es gibt unangenehme Leute bei dieser Zeitung, aber ich glaube, Zeitungsleute sind einfach oft unangenehm. Ich arbeitete mal beim *St. Louis Morning Record*. Da war es noch schlimmer. Hinzu kommt, daß sie dazu neigen, ihre schlechte Laune am Fußvolk auszulassen. Jedenfalls war es bei mir so."

„Dann darf ich mich also auf noch mehr Ärger gefaßt machen?"

„Nicht von mir", sagte ich, zu ernsthaft. Ich probierte es noch einmal. „Ich meine, ich erinnere mich nur zu gut an meine Zeit als Sekretärin. Temperaturen eintippen, Wasserstände von Seen und Flüssen, Todes- und Heiratsanzeigen. Hab' ich alles gemacht. Und außerdem habe ich mit Sargent auch mein Kreuz zu tragen." Genau: Langweile sie zu Tode und laß es gleichzeitig wie Märtyrertum klingen.

Julia lachte. Auch ihr Lachen war charmant. Ich war zu einsam, um in so netter Gesellschaft zu sein. „Wie ist es, für ihn zu arbeiten?" fragte sie.

„Er ist ein echter Attila der Schlußredaktion – die Geißel des Redaktionstisches. Er ist ein alter Marineinfanterist und steckt neue Leute in die Grundausbildung, bis ihm ein frischer Bissen unterkommt. Unglücklicherweise bin ich die letzte Person, die eingestellt wurde."

„Fürchten Sie sich vor ihm?"

„Manchmal. Aber meist werde ich nur wütend. Einige

Male war ich so sauer, daß ich in die Damentoilette, ging, mit dem Fuß gegen die Trennwand trat und auf den Handtuchhalter eindrosch. Ich versuche mir einzureden, daß er es nicht persönlich meint. Hin und wieder behandelt er alle wie Dreck. Außerdem brauche ich den Job." Hervorragend. Jetzt hatte ich wie eine pleitegegangene masochistische Psycho-Looserin geklungen.

Julia nickte. „Ich muß gehen", sagte sie. Mein Chef verwandelt sich in Attila der Archivar, wenn ich nicht bald zurückkomme. Er hat uns auf einen Spaziergang geschickt, nicht auf einen zwölf Meilen langen Ausflug."

„Bis später. Nett, daß Sie auf ein Schwätzchen hereingeschaut haben." Sie ging, und meine Augen folgten ihr. Sie war groß, attraktiv, süß und hatte obendrein einen hübschen Po. Sie hatte Humor und lachte gern. Vielleicht mochte sie mich, ein wenig. Ich lächelte und fing an, „Maria" aus „West Side Story" zu summen.

***

Zurück in der Redaktion, suchte ich in der Datenbank nach Mrs. Metcalf, ohne Erfolg. Wer immer sie war, in unserem System, das zwei Jahrgänge absuchte, tauchte sie nirgends auf. Ich mußte mich wohl durch die Mikrofilmarchive wühlen, und dazu hatte ich heute keine Zeit. Vielleicht konnte mir Julia helfen. Der Gedanke gefiel mir.

Im Computer fand ich eine Beschreibung von Diane Barrett. Die Schlagzeile hieß: MASKIERTES MONSTER.

Auf der Stelle schickte ich Sargent eine Botschaft.

Ralph, Blazer will Barret in der Schlagzeile als „maskiertes Monster" bezeichnen. Ich finde das unnötig und hetzerisch. Diese Zeitung ist doch nicht der National Enquirer. Die Frau wurde nie schuldig gesprochen, Rebecca Metcalf mißbraucht und ermordet zu haben. Was soll ich machen?

Sargents Antwort kam postwendend.

Carmen, lassen Sie die vorgeschlagene Schlagzeile stehen. Schreiben Sie Ihre Einwände detailliert auf. Ich sehe es mir später an. Sargent.

Ich las weiter: Von Jeffrey Green, *Frontier City Times*.

Ihre Kollegen hielten Diane Barrett für eine engagierte Lehrerin. Doch hinter dieser Fassade verbarg sich eine schwere Trinkerin und Kinderschänderin, die vielleicht viele, viele Kinder mißbraucht hat.

Barrett, 42, war die Hauptverdächtige im Fall von sexuellem Mißbrauch und Mord an Rebecca Metcalf, ihrer zwölfjährigen Schülerin der sechsten Klasse der Washington-Grundschule im Süden von Frontier City, am 17. Okt. 1983. Die Lehrerin beging kurz darauf Selbstmord durch eine Überdosis Tabletten.

Die Ermittlungsbeamten, die davon ausgingen, daß Barrett Rebecca geschändet und dann umgebracht hatte, als das Mädchen drohte, den Mißbrauch zur Anzeige zu bringen, haben den Fall abgeschlossen. Rebecca war die Tochter des hiesigen Geistlichen Reverend Bobby Ray Metcalf, Pastor der Southside Tabernacle of Hope-Gemeinde, Mitglied des Lehrerkollegiums und des Kuratoriums der Lovell Taft-Universität.

Dr. Myra Hawkins, Direktorin der Washington School, beschrieb die Lehrerin so: „Sie war eine der engagiertesten Lehrerinnen, die ich kannte. Sie machte reichlich Überstunden und war immer für die Kinder da. Ich bin über die Enthüllungen sehr schockiert. Ich kann es immer noch nicht glauben."

Ruby Weller, eine Kollegin von der Washington School, sagte: „Ich habe mit Diane eng zusammengearbeitet, weil viele meiner Schülerinnen und Schüler aus ihrer Klasse kamen. Sie schien eine sehr gute Lehrerin zu sein. Ja, viele meiner früheren Schülerinnen und Schüler kamen zu mir und erzählten, wie gern sie in ihrer Klasse waren."

Doch Barrett war, wie den Berichten der Polizei, des Gerichts und der Schulverwaltung zu entnehmen, eine starke

Trinkerin. Im Strafregister steht, daß Barrett am 5. Mai 1978 von der Verkehrspolizei wegen Trunkenheit am Steuer festgenommen wurde. Barrett wurde verurteilt, mußte 500 Dollar Strafe zahlen, und der Führerschein wurde ihr auf drei Monate entzogen.

In den Personalakten der Verwaltung steht, daß Barrett offiziell abgemahnt wurde. Weitere Zwischenfälle in Zusammenhang mit Alkoholgenuß hätten ihre Entlassung zur Folge. Psychologieprofessoren bestätigen, daß Kindsmißbraucher oft auch schwere Trinker sind. Dr. Lawrence Baker von der Frontier City-Universität stellt fest: „Pädophile begehen gesellschaftlich nicht akzeptierte Taten. Alkohol und Drogen bringen die Gewissensbisse zum Schweigen."

Dr. Harold Simms von der Lovell Taft-Universität bestätigt: „Abweichendes Verhalten dieser Art wird oft von Alkohol und Drogen begleitet. Drogenmißbrauch ist sicher nicht die Ursache dieses Verhaltens, baut aber Hemmschwellen ab und läßt diese Wünsche an die Oberfläche steigen."

Doch Hawkins sieht die Verurteilung wegen Trunkenheit am Steuer nicht in diesem Zusammenhang. Die Direktorin sagt: „Ich wußte von Dianes Strafe. Ich dachte, es sei ein einmaliger Fall, ein Ausrutscher."

Ein anderes Lebensmuster Barretts war ihre Homosexualität. Wie aus anonymer Quelle bekannt, war Barrett bereits seit ihrer Universitätszeit in Frontier City praktizierende Lesbierin. Eine frühere Zimmerkollegin Barretts, die sie vom College her kannte, sagte, daß die Homosexualität der zukünftigen Lehrerin offensichtlich war. „Alle wußten über Diane Bescheid", sagt die frühere Mitstudentin. „Sie hatte ein Einzelzimmer, und oft war ein bestimmtes Mädchen über Nacht bei ihr. Wir alle haben sie (Diane) in der Dusche gemieden."

Was in Barretts Universitätsjahren offensichtlich war, wurde später an der Washington School zum wohlgehüteten Geheimnis. „Ich betrachte meine Lehrerinnen als Arbeitskolleginnen", sagt Hawkins. „Ich habe mir über ihr Privatleben nie Gedanken gemacht. Es gab keinen Hinweis, daß Diane lesbisch sein könnte. Ich habe mich nicht in ihr Privatleben eingemischt, weil ich keine Notwendigkeit sah."

Weller kommentiert: „Ich habe ihr oft angeboten, sie mit Männern bekannt zu machen, aber sie schien nie interessiert zu sein. Sie sagte, sie sei schon liiert, und ich glaubte ihr."

Aber Buddy Jefferson, Hausmeister der Washington School, hatte den Verdacht, daß mit dieser Lehrerin irgend etwas nicht stimmte. „Sie konnte mit Männern nichts anfangen. Ich hatte einfach so ein ungutes Gefühl", sagte er.

Die Experten stimmen überein, daß Rebecca Metcalf vielleicht nicht Barretts einziges Opfer war. Baker sagt: „Es ist sehr ungewöhnlich, daß ein sexueller Übergriff ein einmaliges Ereignis bleibt. Das ist ein festes Verhaltensmuster. Meist ist die mißbrauchende Person als Kind selbst mißbraucht worden. Wenn sie oder er – im allgemeinen handelt es sich um Männer – das Mißbrauchsverhalten gegen andere aufnimmt, wird es schnell zur Sucht. Wenn der Mißbraucher entdeckt wird, hat er unter Umständen schon viele Kinder geschändet."

Aber wie konnte Barrett das Kollegium täuschen? Universitätsprofessor Baker: „Pädophile sind oft angesehene Mitglieder der Gemeinde. Das Stereotyp des alten Mannes im schmutzigen Regenmantel, der Kinder mit Bonbons in die Büsche lockt, trifft selten zu. Pädophile sind oft Lehrer, Priester, Pfadfinderführer, Pastoren, Chorleiter. Ihre Machtposition schützt sie vor Verdacht und verschafft ihnen die Möglichkeit, ihr Mißbrauchsverhalten fortzusetzen."

Und so müssen wir uns fragen: Wie viele Kinder hat Barrett wirklich mißbraucht? Eine Frage, auf die es nie eine Antwort geben wird.

Mein Puls raste. Hier war etwas grundlegend falsch; absolut unfair. Ich schrieb eine weitere Nachricht an Sargent:

Ralph, ich finde, wir ziehen viele Schlüsse, die sich auf sehr wenig Beweise stützen. Wir nennen sie schwere Trinkerin, weil sie einmal alkoholisiert am Steuer saß. Und selbst wenn sie Trinkerin war, der Experte in diesem Artikel sagt, daß Alkohol niemand in eine Kinderschänderin verwandelt – er kann höchstens die Hemmschwelle für solche Taten herabsetzen. Wir nennen sie eine Lesbierin, weil eine Frau sagt, daß sie in der Dusche gemieden wurde und ein Hausmeister ein komisches Gefühl bei ihr hatte. Wir beschuldigen sie, jede Menge Kinder mißbraucht zu haben, dabei ist es nicht einmal erwiesen, daß sie Rebecca Metcalf mißbraucht hat. Es haben sich keine weiteren Kinder gemeldet, um sie zu beschuldigen. Ich behaupte nicht, sie sei unschuldig, aber kein Gericht hat sie je schuldig gesprochen. Wenn wir sie in der Schlagzeile als „Monster" bezeichnen, stempeln wir sie als übel, abartig und böse ab. Als Folge davon beschuldigen wir ihre Kolleginnen und Kollegen an der Schule, sie nicht als Monster erkannt zu haben. Wir sollten diese Berichterstattung noch einmal überdenken. Sie ist sensationslüstern und womöglich falsch.

Ich schickte Sargent die Geschichte zu. Den Rest der Schicht bearbeitete ich Artikel für die morgige Ausgabe. Sargent schickte mir keine Erwiderung zum Fall Barrett, rügte mich aber zweimal – einmal wegen eines Kommafehlers, der mir entgangen war, und einmal, weil ich ein Wort falsch verwendet hatte. Kurz nach Mitternacht entließ er uns. Ich wollte gerade gehen, als er uns wie üblich auf einen Drink im *Bailey's* einlud. Wie gewöhnlich lehnte ich ab.

3

Zu Hause herrschte noch immer kalter Krieg. Grandma hatte sich in ihr Schlafzimmer zurückgezogen, wo sie keine nächtlichen Besucher empfing – außer ihrem Liebling, David Letterman.

„Die alte Fledermaus“, sagte ich. „Soll sie doch verrecken.“

Ich stieg die Treppe hinauf und wurde von den Katzen herzlich begrüßt. Wiley drückte seine Zuneigung stimmlich aus, wie immer, Holly rieb sich stumm an meinem Bein. Das Wohnzimmer war ein einziges Chaos, und Holly und Wiley schienen mit ihrer Arbeit zufrieden: Sie hatten alle Zeitschriften, die ich morgens sorgfältig auf den Couchtisch gestapelt hatte, auf dem Fußboden verstreut.

„Aber Jungs“, sagte ich. Ich sah die Post durch: nichts Persönliches, nur Rechnungen und Werbung. Die Rechnungen erinnerten mich daran, daß es schwer würde, mit einer teureren Wohnung zurechtzukommen.

Ich beseitigte die Unordnung und holte mir dann ein Bass Ale. Harte Arbeit mußte belohnt werden, fand ich.

Ich machte es mir auf dem Sofa bequem, und Julia kam mir in den Sinn. Sie beugte sich zu mir, mit leicht geneigtem Kopf. Sie wollte sich mit mir unterhalten. Sie war von selbst auf mich zugegangen. Ihre grünen Augen glänzten. Ihre Lippen lächelten scheu und verführerisch. Sie sagte etwas, eine Andeutung, daß sie lesbisch sei. Du bist verrückt, Carmen. Such sofort professionelle Hilfe.

Ich blätterte in meinem Telefonbuch zum Buchstaben D. Ich wollte meinen Freund Charles anrufen. Charles Dennis und ich waren seit dem ersten Semester an der Universität von Frontier City befreundet. Wir hatten den Orientierungskurs zusammen gemacht. Jetzt war er Doktorand der Literatur in Berkeley, Kalifornien. Er war früher Sportler gewesen – Mitglied der Schwimmteams der Schule – seine Vorfahren waren Cherokees und Franzosen: ein Meter fünfundneunzig groß und dunkelhäutig, mit rotbraunem Haar und blaugrünen Augen. Vielleicht erwischte ich ihn, bevor er ausging. Charles hob nach dem dritten Klingelzeichen ab.

„Carmen. Wie schön, dich zu hören."

„Ich weiß, du machst dich gerade zum Ausgehen fertig, aber ich muß unbedingt mit dir sprechen."

Charles legte eine dramatische Pause ein. „Leider habe ich nicht das Glück. Ich bin seit einiger Zeit in festen Händen. Aber mein Beau ist viel auf Reisen, und so werde ich mich heute Abend wohl in meine Bücher vergraben. Im Januar droht die Prüfung."

„Wer ist es?"

„Du wirst lachen – ein grundehrlicher Handelvertreter. Er arbeitet bei einer Computerfirma, reist herum und verhökert seine Ware. Er heißt Roger."

„Ich freue mich für dich. Ich hoffe, es funktioniert." Charles verliebte sich etwa alle zehn Minuten.

„Also wo brennt's? Ist mit dem Chef alles in Ordnung?"

„Ich bin immer noch sein Sündenbock, aber ich halte mich wacker. Es ist etwas anderes. Ich bin tief getroffen."

„Du schmachtest doch nicht noch immer nach diesem Schrecklichen Luder?" Wenn Charles eine Person nicht mochte, vermied er ihren Namen. Deswegen wurde aus Jane das „Schreckliche Luder."

„Nein, nein. Eine Neue."

„Gottseidank. Jetzt wirst du hoffentlich den Altar abbauen."

„Laß gut sein, Charles. Es braucht Zeit, über eine Liebe hinwegzukommen. Außerdem hast du Jane nie gemocht."

„Unsinn. Ich liebe humorlose, selbstgerechte Leute, die alles kritisieren, was ich mache, sage, esse und trinke. Außerdem hat sie dich gut behandelt."

„Sie hatte ihre guten Seiten."

„Nun, die habe ich dankenswerterweise nie kennengelernt", sagte er. „Wer ist die neue Flamme?"

„Sie heißt Julia. Blond, Charles. Mit grünen Augen. Sie arbeitet bei der Zeitung."

„Und wo liegt das Problem?"

„Ich denke sehr oft an sie. Ich fange an, etwas für sie zu empfinden."

„Gut. Halt. Ist sie lesbisch?"

„Keine Ahnung."

„O Gott", sagte Charles. „Genau das, was du brauchst. Tausend Jahre an dem Schrecklichen Luder zu hängen, war noch nicht schlimm genug. Jetzt bist du auch noch geil auf ein Hetero-Mädchen."

„Es ist keine Geilheit. Außerdem weiß ich nicht, ob sie hetero ist."

„Ach, Süße, es ist immer die Geilheit. Paß auf dich auf."

„Ich weiß, ich weiß. Ich bin eben einsam. Und Julia ist so nett. So hübsch."

„Das ist Stevie Nicks auch, aber die kriegst du auch nicht."

„Ich glaube, ich sollte mal mit ihr ausgehen."

„Mit Stevie?"

„Nein, mit Julia."

„Laß es langsam angehen, Carmen", sagte er. „Selbst wenn sie Sex mit dir hat, heißt das noch nicht, daß du ihr etwas bedeutest oder daß sie lesbisch ist. Viele von diesen Normalos wollen nur die obligatorische homosexuelle Erfahrung machen. Es ist wie mit dem Schneckenessen. Sie wollen nur sagen können, sie hätten es probiert."

„Wer redet von Sex? Ich bin noch nie mit ihr ausgegangen. Ich bin schon ewig nicht mehr mit einer ausgegangen."

Das hatte seinen Grund. Als ich nach Frontier City zurückkam, versuchte ich anfangs verzweifelt, Frauen kennenzulernen. Ich mußte mit einer zusammensein, irgendeiner, um das schmerzhafte Loch auszufüllen, das Jane in meinem Herzen hinterlassen hatte. Die Ergebnisse waren fürchterlich. Ich erlitt in den lokalen Lesbenkreisen und im *Crystal's* zahllose Zurückweisungen. Die Frauen, hinter denen ich her war, spürten, daß in meinem Oberstübchen nicht alles in Ordnung war. War es ihnen zu verdenken? Ich schlief vierzehn Stunden am Tag. In meinen wachen Stunden arbeitete ich in der Registratur einer Klinik, schrieb masochistische Briefe an Jane und führte mich wie ein Zombie auf. Mitten in diesem Psychodrama beschloß ich, meine Bemühungen einzustellen, bis ich mich wieder wie ein menschliches Wesen verhalten konnte.

„Ich glaube, ich weiß nicht mal mehr, wie man es macht", sagte ich.

„Es fällt einem immer etwas ein."

„Bitte. Ich spreche nicht von Sex", sagte ich. „Was soll ich mit Julia machen?"

„Gut. Hör zu", sagte er. „Fang nicht an, ihr Blumen zu kaufen, sei nicht die erste, die sagt: Ich liebe dich, sei nicht die erste, die von Bindung spricht, und such um Gottes willen noch keine Ringe aus."

„Charles", sagte ich, „hast du mit Roger schon Ringe ausgesucht?"

„Um ehrlich zu sein, meine Liebe, ich habe mein Auge auf ein Paar schlichte Goldreifen geworfen."

„Und wie lange geht ihr schon miteinander?"

„Drei Wochen."

„Drei Wochen?"

„Sag nichts, Carmen. Diesmal ist es anders. Es ist Fügung. Die Chemie stimmt. Es ist wie bei Catherine und Heathcliff."

„Ich hoffe es um deinetwillen."

„Ich auch.“

„Ich bin schrecklich arm. Ich kann mir kein langes Gespräch leisten. Paß auf dich auf. Du praktizierst doch Safer Sex, oder?“ Ich mußte immer wieder davon anfangen.

„Ja, Mama.“

„Ich mache mir Sorgen um dich.“

„Ich weiß, Liebes. Ich weiß es sogar zu schätzen.“

„Danke, Charles. Und halt mich über Roger auf dem Laufenden.“

Wir legten auf. Ringe nach drei Wochen? Charles wurde reifer.

***

Samstag war mein letzter Arbeitstag diese Woche. Ron Blazer arbeitete von Montag bis Freitag, und deswegen konnte er auf meine Einwände gegen Greens Darstellung von Barrett noch nicht reagieren. Aber ich erwartete von ihm keine Einsicht.

Die Samstage waren leicht. Die Arbeit fing um drei Uhr an. Wegen des Umfangs der Sonntagsausgabe war früher Redaktionsschluß. Die meisten Rubriken wurden im voraus gedruckt. Aber es gab noch genug neue Seiten zu bearbeiten. Sargent arbeitete von Dienstag bis Samstag, und da er daran interessiert war, früh mit dem Saufen anzufangen, ließ er uns um 22 Uhr laufen.

Als ich meinen Schreibtisch aufräumte, näherte sich Gruber, der einsame Junge aus Missouri. „Wie geht es unserer reizenden Señorita heute Abend?“

Der Geruch seines neuen Rasierwassers verursachte mir fast soviel Übelkeit wie sein Versuch, Spanisch zu sprechen. Ich hatte in der Oberstufe und am College Spanisch studiert und ein paar Worte von meinem Vater aufgeschnappt. Aber gewisse Leute erwarteten von mir, die Sprache perfekt herunterzurasseln, nur weil ich Carmen Ramirez hieß. „John", sagte ich verzweifelt. „Ich bin in Oklahoma geboren und aufgewachsen. Meine Muttersprache ist Englisch."

Gruber sah mich verletzt an. Vielleicht wollte er nur gebildet klingen. „Tut mir leid, Carmen." Es klang ehrlich.

„Schon gut. Ich mußte mir wegen dieses Namens mein Leben lang dumme Witze anhören, verstehen Sie?"

„Ich möchte Sie dafür entschädigen, wenn ich darf. Wie wär's mit einem Drink?"

„Nein, John, wirklich nicht."

Jetzt standen tatsächlich Tränen in seinen großen braunen Augen. „Schon gut, ich bin Zurückweisungen gewohnt", sagte er.

„Bitte verstehen Sie mich", sagte ich. „Ich gehe nie mit Kollegen aus. Ich versuche, Arbeit und Privatleben strikt zu trennen."

„Ich verstehe. Eine hübsche Frau wie Sie bekommt wahrscheinlich viele Angebote."

„John, erweitern Sie Ihren Horizont. Gehen Sie in einen Verein. Treffen Sie andere Leute. Sie setzen auf die falsche Karte." Würde er es jetzt kapieren?

Er starrte mich an. „Könnten wir nicht einfach Freunde sein?"

Ich hätte am liebsten gebrüllt, statt dessen atmete ich tief durch. „Gut. Drängen Sie mich nur nicht."

„Ich verstehe. Kein Drängen."

Beinahe hätte ich gelacht. Ich war mir sicher, viele Frauen hätten seinen Eifer sehr geschätzt.

Gruber ging mit mir den dunklen holzgetäfelten Flur entlang zum Lift. Mir war die Vorstellung, mit ihm in einer kleinen Kiste gefangen zu sein, nicht angenehm, deswegen steuerte ich auf die Treppe zu. Er folgte mir wie ein Labradorwelpe. „Wie geht es denn mit der Serie über die verrückte Lehrerin? Ich habe über Ihre Schulter mitgelesen."

„Wie bitte?“ Der Knabe wollte wohl eine Maulschelle.

„Sie sind mir hoffentlich nicht böse. Die Geschichte hat mich eben interessiert. Ich habe mich nicht in ihre Arbeit eingemischt.“

„Was Sie lesen, ist mir egal. Ich verbitte mir das Wort verrückt.“

Gruber blickte noch verletzter. „O Gott, bei Ihnen darf ein Mann ja gar nichts sagen.“

„John, heute Abend waren Sie nah dran, das ist alles.“

Sein Gesicht spiegelte blanke Verwirrung. Wir gingen schweigend durch die Eingangshalle.

„Soll ich Sie zum Auto begleiten?“

„Ich gehe heute allein.“

„Wie Sie wollen, Carmen“, sagte Gruber. „Eine Dame hat immer Recht.“

Ich ließ ihn vor dem Gebäude stehen.

***

Ich vermied es, nach Großmutter zu sehen. Sie ging samstagabends meist früh zu Bett, weil sie fast den ganzen Sonntag in der Kirche verbrachte – wo sie seit vierzig Jahren im Kirchenchor sang, Mitglied der Ladies Mission Society war und in fast jedes Komitee und jede Wohltätigkeitsveranstaltung ihre Nase steckte. Seit ich wieder zu Hause war, bearbeitete Grandma mich ständig, wieder in die Kirche zu gehen. Ich blieb eisern.

Ich hatte von Kindheit an eine stürmische Beziehung mit den Baptisten. Ihr Schluck-alles-oder-fahr-zur-Hölle-Fundamentalismus hatte meinen jungen Geist angeregt, Widersprüche in der Bibel zu suchen und in der Sonntagsschule zur Diskussion zu stellen. Manche Lehrer alterten sichtlich, wenn ich in ihrer Klasse war. „Die Bibel ist wie ein Pullover, Carmen“, pflegten sie zu sagen. „Wenn du daran rupfst, trennt er sich auf. Du mußt sie im Ganzen annehmen – von vorn bis hinten.“ In der Highschool konnte ich die verklemmte Moral der Kirche nicht mehr hinnehmen: ihre Ablehnung aller Freude und Sinnlichkeit, ihr Eintreten für die Unterordnung der Frauen und ihre Intoleranz gegenüber dem Rest der Christenheit – und allen anderen Religionen erst recht. Mitten im Schuljahr verweigerte ich, sehr zu Grandmas Kummer, den Kirchgang. Heute betrachte ich mich als bibelfeste, ängstliche Skeptikerin mit schweren neurotischen baptistischen Tendenzen.

Wileys Miauen und Hollys anhaltendes Schnurren begrüßten mich an der Wohnungstür. Ich machte Popcorn für mich und die Katzen und widerstand dem Drang, Julia anzurufen. Dann durchforstete ich die Wohnungsanzeigen in der Sonntagsausgabe. Ich fand einige neue Hinweise. Danach ging ich ins Bett.

Kaum war das Licht aus, ging es in meinem Kopf rund. War ich mit Gruber zu weit gegangen? Manche Männer werden feindselig, wenn ihnen eine Frau mitteilt, daß sie lesbisch ist. Ich hoffte, daß Gruber nicht zu den Typen gehörte, die – dank der blühenden Porno-Industrie – der Meinung waren, jede Frau würde normal, wenn sie nur einmal richtig durchgevögelt wurde, ob sie es wollte oder nicht. Allerdings glaubte ich nicht, daß er kapiert hatte, was ich meinte, als ich sagte, er sei nah dran. Auch der Gedanke an Julia machte mich unruhig. Ich hatte mich schon lange nicht mehr um eine Frau bemüht. Was sollte ich sagen? Was sollte ich tun? Ich mußte sie aus meinem Hirn verbannen. Sie war ohnehin außerhalb meiner Reichweite. Und welchen Niederschlag fände meine Nachricht an Sargent? Müßte ich am nächsten Dienstag bereits einen neuen Job suchen? Würde Grandma ihre Zermürbungstaktik je aufgeben? Mit solchen Gedanken schlug ich mich drei Stunden herum. Dann schlief ich endlich ein.

***

Der Wecker klingelte um neun. Grandma war bereits mitten in ihrer vorgottesdienstlichen Klatschsession auf dem Gemeindeparkplatz. Ich konnte den Vormittag in Ruhe genießen. Ich machte Kaffee und toastete ein Käsesandwich.

Die Julia-Besessenheit wollte nicht weichen. Ich griff zum Telefonbuch. Es gab Millionen von Nickels und Nichols. So würde ich sie nie finden. Ich rief die Redaktion an.

„*Times*, hier spricht Smith.“ Einer der stellvertretenden Redaktionsleiter. Ihn hatte der Sonntagsdienst getroffen, und darüber war er nicht glücklich.

„Hallo, Leonard. Hier spricht Carmen Ramirez von der Schlußredaktion.“

„Was ist los?“

„Würden Sie mir einen Gefallen tun? Könnten Sie mir eine Telefonnummer raussuchen? Ich muß mit einer Mitarbeiterin Kontakt aufnehmen.“

Ich hörte, wie er seufzte. „Schießen Sie los.“

„Julia Nichols. Sie arbeitet im Archiv.“

„Buchstabieren Sie.“

„Keine Ahnung, wie sie sich schreibt.“

„Mist“, knurrte er. Ich hörte, wie er in die Tasten hieb. „Okay. Hier ist es. Der Name schreibt sich N-I-C-H-O-L-S.“ Dann nannte er mir die Nummer.

„Danke.“

Er legte wortlos auf.

Ganz locker sein – klug, charmant, spontan. Mir wurde schwindlig. Ich wählte die Nummer.

Nach dem dritten Klingeln anwortete eine verschlafene Stimme: „Hallo?“

„Hallo. Julia?“

„Hm, hm.“

„Hier spricht Carmen Ramirez. Habe ich Sie geweckt?“

„Ja. Aber ich war schon fast wach."

„Oh, das tut mir leid." *Ich habe sie aufgeweckt!*

„Kein Problem."

„Wirklich nicht?"

„Nein", sagte Julia.

„Ich wollte Sie einfach anrufen."

„Hm, hm."

„Es gibt keinen bestimmten Grund."

„Ich freue mich über Ihren Anruf."

„Na gut." Ich atmete tief durch. „Könnten wir uns vielleicht zum Lunch oder auf einen Kaffee treffen, oder so?"

„Klar."

„Wirklich?" *Carmen, soeben hast du die Stufe zehn auf der nach oben offenen Idiotenskala erreicht.*

„Ja, gern", sagte Julia. „Hatten Sie an eine bestimmte Zeit gedacht?"

„Nein, eigentlich nicht", sagte ich. *Sie hat ja gesagt!*

„Oh, ich dachte, Sie meinten heute."

„Heute?" Ich geriet in Panik.

„Ja, heute hätte ich Zeit."

Sie hat zweimal „heute" gesagt! Tu was! Siehe, heute ist die Zeit gekommen. Siehe, heute ist der Tag der Rettung. „Wenn Sie nichts anderes vorhaben?"

„Nein, wirklich nicht."

„Könnten wir uns zum Mittagessen treffen?" *Mittagessen. Großartig! Ich habe einen Vorschlag gemacht!*

„Ich habe kein Auto. Es müßte also in der Nähe der Uni sein."

„Ich kann fahren. Ich meine, ich kann Sie mit dem Auto abholen, wenn Sie wollen."

„Klar", sagte Julia.

„Wie wär's mit halb zwölf?"

„Gute Zeit zum Mittagessen."

„Wo wohnen Sie?"

„Mabel Smith Hall. Kennen Sie die?“

„Ja, klar. Als stolze Schülerin von Tornado.“

„Fahren Sie vor den Haupteingang. Ich sehe Sie von der Eingangshalle aus.“

„Gut. Halten Sie nach einem dunkelblauen Honda Civic Ausschau.“

„Bis bald.“

Ich legte den Hörer auf und quietschte. Beruhige dich, sagte ich mir. Es war keine Einladung zum Ball der Sappho Memorial High School durch die Spitzenspielerin des Hockey-Teams. Du gehst mit einer Kollegin zum Mittagessen. Einer Kollegin, die ohne weiteres auch hetero sein kann. Ich atmete tief durch und erwischte mich, wie ich „I Feel Pretty“ summte.

Sauberkeit ist wichtig. Ich ließ ein warmes Bad einlaufen und warf reichlich Badesalz hinein, obwohl Jane das für politisch inkorrekt hielt. Du merzt deinen natürlichen Geruch aus und ersetzt ihn durch Düfte, die von Männern als attraktiv bezeichnet werden, hatte sie gesagt. Zur Hölle damit. Das Badesalz färbte das Wasser blau und machte es schaumig, und so gefiel es mir.

Ich stieg in die Wanne. Die Katzen kletterten auf den Rand zum Zuschauen. Wiley schlug nach dem Schaum, während Holly sich zusammenkauerte und besorgt dreinblickte. Diese Jungs. Kann ein Mädchen nicht in Frieden baden?

Ungerührt blieben sie während der ganzen ausgedehnten Badeprozedur dabei, wenngleich Holly schließlich doch seine Besorgnis ablegte und auf der Badematte ein Nickerchen machte.

Ich trocknete mich ab, öffnete den Schrank und grub das Geschenk-Set von Chanel aus, das mir Raúl vor ein paar Jahren zu Weihnachten geschickt hatte. Ich nahm einen kleinen Spritzer Körperlotion und einen Hauch Chanel Nr. 5.

Und nun die Kleiderfrage. Ich war an einem Punkt, an dem ich bereit gewesen wäre, in Stöckelschuhen und engem Lederminirock herumzutrippeln, aber so etwas besaß ich glücklicherweise nicht. Ich entschied mich für eine leichte graue Baumwollhose mit Bügelfalte, ein weißes Baumwollhemd und dunkelrote flache Schuhe. Ausnahmsweise bügelte ich Hemd und Hose. Als ich endlich fertig war (ich benutzte sogar den Fön), sah ich aus wie eine republikanische hispanische Lesbe und roch wie ein französisches Flittchen. Ich betrachtete mich kritisch im Spiegel. Die beiden oberen Hemdknöpfe waren offen. Das war unmöglich. Ich schloß den zweiten Knopf. Es hatte keinen Sinn, meine Titten einer Frau zu zeigen, die vielleicht nicht einmal lesbisch war.

Als ich an der hufeisenförmige Auffahrt zur Mabel Smith Hall parkte, sah ich auf meine Uhr – eine elegante Seiko, die Grandma mir zum Abschlußexamen geschenkt hatte, obwohl sie die Japaner so haßte. Nur zehn Minuten zu früh. Ich fummelte am Radio. Nachrichten, Prediger, Landfunk und Popmusik beherrschten den Äther. Wenn ich mir einen Kassettenrekorder geleistet hätte, wäre ich ich jetzt nicht so nervös. Ich hatte gedacht, ich könne auch ohne leben, aber das war ein Irrtum. Wie nett wäre es, jetzt einen Heart, Led Zep oder David Bowie einzulegen. Statt dessen mußte ich das Vorbeirauschen des Verkehrs und das Summen der Zikaden in den Büschen anhören. Ich war kein Bild vornehmer Gefaßtheit. Meine Hände waren feucht, meine Beine zitterten. Ich prüfte mein Haar im Rückspiegel. Es hielt sich überraschend gut. Die Luftfeuchtigkeit war wohl heute nicht so hoch.

Julia kam genau fünf Minuten vor der Zeit die Eingangstreppe herunter. Sie trug rot-blau-grün-karrierte Bermudas und ein grünes Polohemd. Ich versuchte zu übersehen, daß sie keinen BH trug. Als sie zum Auto trabte, vermied ich den Blick auf ihre gebräunten Beine.

„Hallo“, sagte sie. Zwei verschiedene Ohrringe – ein

kleiner goldener Ring und eine schwarze Perle – schmückten ihre Ohren. „Sind Sie häufiger hier?"

„Hallo, steigen Sie ein", sagte ich. „Fahren wir los."

Die Civics sind kleine Autos – winzige, genau gesagt. Sobald sie einstieg, roch ich sie. Ich roch, daß sie frisch geduscht und sauber war. Aber ich roch auch ihren ganz eigenen Duft. Und der gefiel mir. Es würde spannend werden. Ich zitterte.

„Sie riechen aber gut. Chanel Nr. 5?" fragte Julia.

„Ja. Ich glaube, ich habe es etwas übertrieben."

„Chanel Nr. 5 ist mein absoluter Favorit", sagte sie.

Spätestens an dieser Stelle errötete ich. „Also, wohin?" fragte ich und drehte den Schlüsselbund in den Fingern.

„Ich esse alles. Mir ist es egal."

Ich ließ den Motor an und sagte nichts. Am liebsten hätte ich geschrien. Schließlich faßte ich mich wieder. „Wie wär's mit dem Diner an der 15. Straße? Das Essen ist gut und reichlich."

„Da war ich noch nie, aber ich probiere es gern aus", sagte Julia.

Als ich den Rückwärtsgang einlegte, streifte meine Hand versehentlich ihr Knie. Ein Schauer durchrieselte mich. „Oh, Verzeihung", sagte ich. „Vorsicht mit den Knien. Es ist schrecklich eng hier."

Ich fuhr los und sagte nichts mehr, sondern konzentrierte mich auf den Verkehr – nicht auf Julias wunderbaren Duft oder ihre herrlichen Knie.

Wir kamen gerade rechtzeitig. Nur Heiden aßen um diese Tageszeit zu Mittag. Sobald die Kirchen aus waren, würde es sehr voll werden. Das Lokal ging jahrelang gut, weil es billige Hausmannskost gab. Als es vor ein paar Jahren ein neuer Besitzer übernahm, machte der ein Lokal im Stil der fünfziger Jahre daraus: Kellnerinnen mit Pferdeschwänzen und Glockenröcken, Wände aus Chrom und Glas, große kunstlederne

Sitzgruppen, und aus der Musikanlage erklang der Sound der Zeit. Glücklicherweise war das Essen gleich geblieben. Deswegen kam die Kundschaft aus der Gegend – leicht irritiert durch die Dekoration – nach wie vor, aber auch neue Leute – Studierende, Yuppies und andere Modetypen.

Wir wurden von der legendären Jo bedient, die hier schon gekellnert hatte, als ich noch gar nicht geboren war. Sie war Mitte sechzig, trug dickes Makeup, das in ein Kabuki-Theater gepaßt hätte, das Haar hochtoupiert und einen winzigen Pferdeschwanz. Sie führte uns mit der Autorität eines Rekrutenausbilders zu einem Ecktisch.

Wir bestellten Cheeseburger, Spiegeleier und Kirschsaft. Nach fünfzehn Minuten brachte uns Jo die Bestellung.

„Sieht gut aus", sagte Julia. „Das ist also Ihr Lieblingslokal?"

„Ich bin schon als Kind hergekommen", sagte ich und winkte der Kellnerin zu. „Jo ist seit dem ersten Schöpfungstag hier."

Julia atmete geräuschvoll aus und streckte sich. Sie sah hübsch aus, wenn sie sich streckte. „Es ist wirklich nett, vom Campus mal wegzukommen. Ohne Auto ist man einfach eingeschränkt. Ich fahre mit dem Rad, oder Freunde nehmen mich mit, aber das ist nicht das gleiche."

„Kein Auto? Wie unamerikanisch."

„Ja, ich weiß", sagte Julia. „Bob und Naomi schafften es einfach nicht, ihrem kleinen Mädchen ein Auto zu kaufen. Ich habe nicht mal einen Führerschein."

„Bob und Naomi?"

„Meine Eltern. Bob und Naomi Nichols aus Wilton, Arkansas. Zehntausend Einwohner. Salute."

„Wilton. Das ist in den Ozarks, richtig?"

„Ja. Schön dort, für Kinder. Der Junge, mit dem ich ausging, wollte mir das Fahren beibringen, aber in letzter Zeit haben wir nicht viel voneinander gesehen."

Ich fühlte den Schlag eines Holzhammers auf meiner

Brust. Ein Freund. Sie war also doch hetero. Ich hörte mich fragen: „Und was ist mit mit dem Freund?“

„Ich weiß nicht. Ich glaube, der Beziehung geht einfach der Dampf aus. Ich will ihn nicht mehr sehen. Ich hatte nur bisher noch keine Gelegenheit, es ihm zu sagen.“

Ich starrte in meinen Kirschsaft. Also hetero. Die meisten Menschen waren hetero. Mir wurde übel.

„Alles in Ordnung?“ fragte Julia.

„Ehrlich gesagt, mir ist etwas komisch im Magen“, sagte ich. Ich fühlte mich wie ein Idiot. Ich hatte mich für diese Hetero-Frau so zurechtgemacht.

„Oh, das tut mir leid. Wenn Sie zu mir kommen, gebe ich Ihnen etwas. Meine Mutter schickt mir immer Medikamente. Sie hält viel von einem vollständigen Erste-Hilfe-Kasten.“

„Nein, danke. Es geht schon wieder“, sagte ich. Wie lange würde ich meine Gefühle noch beherrschen können? „Ich muß hier raus. Es geht mir wirklich nicht gut. Ist es schlimm, wenn ich Sie zurückfahre?“

„Überhaupt nicht.“

Ich zahlte und ging mit Julia zum Auto. Schweigend fuhr ich zur Universität zurück.

„Hören Sie, Carmen, ist alles in Ordnung? Ich mache mir Sorgen um Sie“ sagte sie, als ich bei ihrem Wohnheim vorfuhr.

„Es ist nicht so schlimm. Ich muß mich nur hinlegen.“ Sieh zu, daß du wegkommst. Reiß dich zusammen.

„Möchten Sie raufkommen? Ich mache Ihnen einen Tee.“

„Nein, es geht schon.“

Sie starrte mich an. „Habe ich Sie beleidigt?“

Mein Gott, daß diese Hetero-Mädchen dich nie in Würde abtreten lassen können. „Nein. Ich muß nur weg.“

Ich sah sie die Treppe hinaufgehen. Alles in Ordnung, sagte ich mir. Nur ein Mißverständnis. Du bist ein Risiko eingegangen und hast verloren. Nichts passiert.

Ich steuerte den nächsten kleinen Lebensmittelladen an und kaufte ein Päckchen Marlboro. Seit Monaten hatte ich nicht geraucht. Aber, scheiß drauf, jetzt brauchte ich eine Zigarette.

4

Die Zigaretten schmeckten nicht. Ich rauchte ein halbes Päckchen, den Rest warf ich weg. Ich schaltete den Anrufbeantworter ein. Julia rief zweimal an, aber ich rief nicht zurück, weil ich das Gefühl hatte, nicht gesittet sprechen zu können. Ich war zu wütend auf mich.

Am Dienstag ging ich zur Arbeit. Ich hatte mich wieder gefaß und würde Julia höflich begegnen können. Schließlich war sie freundlich und zugänglich gewesen. Es war meine Schuld, wenn ich ihre Signale mißdeutet hatte.

Ich loggte mich in meinen Terminal ein und wappnete mich. Blazer hatte auf meine Nachricht sicher nicht gut reagiert. Seine Antwort lautete:

Carmen, Jeff und ich haben diesen Fall ausgiebig recherchiert und sind sicher, die richtigen Schlüsse gezogen zu haben. Sargent stimmt dem zu. Ron.

Ich holte tief Luft. Ich hatte mich buchstabengetreu an die Vorschriften der Redaktion gehalten, aber hier stimmte etwas nicht. Ich beschloß, Blazer anzusprechen.

Blazer, ein distanziert wirkender Mann mit graumeliertem kurzgeschnittenem Haar, saß an seinem Terminal.

„Ron?“

Er starrte mit seinen gelb-braunen Augen unverwandt auf den Bildschirm.

„Ron?“ wiederholte ich, mit etwas mehr Nachdruck.

Er sah mich stumm an.

„Ich bin Carmen Ramirez.“

Er blickte wieder auf seinen Terminal.

„Ich muß mit Ihnen sprechen.“

„Worüber?“ Seine Stimme war leise und ausdruckslos.

„Über die Serie.“

Er seufzte. „Gibt es ein neues Problem?“

„Nein, Ron.“ Warum war er immer so schwierig?

„Was dann?“

„Ich finde, wir sind Diane Barrett gegenüber unfair. Ich weiß nicht, ob sie unschuldig ist, aber in unseren Artikeln wird nicht einmal die Möglichkeit offengelassen, daß es einen anderen Verdacht geben könnte. Wir betrachten sie sofort als schuldig, weil sie eine Lesbe mit Alkoholproblemen ist.“

Er starrte immer noch auf den Bildschirm.

Das Arschloch ignorierte mich. „Nun?“.

„Sie haben Ihre Einwände vorgebracht“, sagte er. „Aber die Entscheidung ist gefallen. Sie sind nicht die Reporterin dieses Falles. Sie sind nicht die Verantwortliche dieses Falles. Sie sind Schlußredakteurin. Eine noch ganz grüne Schlußredakteurin, genau gesagt. Ihre Aufgabe ist es, Stil, Interpunktion und Grammatik zu prüfen und auf inhaltliche Probleme hinzuweisen.“

„Ich kenne meine Aufgabe, Ron“, sagte ich. Ich bemerkte, daß mehrere Leute von ihren Computer-Terminals aufsahen.

„Dann halten Sie sich daran“, sagte er im gleichen monotonen Tonfall.

Wütend entfernte ich mich von Blazers Schreibtisch. Ich mußte mehr Informationen ausgraben, wenn ich etwas an der Artikelserie ändern wollte. Doch was konnte ich machen? Und wonach suchte ich überhaupt?

Ich ging ins Archiv und machte mich darauf gefaßt, Julia

gegenüberzutreten. Sie saß an einem Computerterminal, wunderschön wie immer.

„Hallo", sagte ich.

„Ich habe Sie angerufen. Zweimal", sagte sie, ihre Stimme klang beleidigt und verärgert.

„Tut mir leid. Ich wollte mit niemandem sprechen", erwiderte ich.

Julia funkelte mich an. „Es ist nicht leicht, Sie zu verstehen."

„Tut mir leid", sagte ich. Ich bemühte mich um meinen professionellsten Ton. „Ich möchte Sie bitten, mir ein paar Informationen herauszusuchen."

„Selbstverständlich", sagte sie.

„Bitte suchen Sie im Mikrofilmarchiv nach Reverend Bobby Ray Metcalfs Frau. Ihren Vornamen weiß ich nicht. Er hat zwei Töchter, eine davon ist tot. Ich möchte nur wissen, wer diese Kinder geboren hat und was aus ihr geworden ist."

„Sie wissen, daß Sie das auch selber recherchieren könnten."

Sie ließ mich auflaufen. Ich atmete tief durch. „Ja. Ich habe es bereits versucht. Ich finde keine Spur von ihr."

„Wenn Sie den Vornamen nicht haben, wird es einige Zeit in Anspruch nehmen. Außerdem habe ich andere wichtigere Arbeiten." Sie war wirklich verärgert.

„Dann muß ich es eben in der Freizeit machen. Danke für die Hilfe", sagte ich und ging, ohne ihre Reaktion abzuwarten.

***

Am Ende der Nachtschicht wollte Sargent mich sprechen.

„Was gibt's?" fragte ich.

Er drehte seinen Stuhl herum und sah mir in die Augen. „Ron sagt, es gäbe Probleme zwischen euch wegen der Serie."

„Ja, richtig", antwortete ich ruhig. Ich wollte ihn nicht merken lassen, wie sehr ich auf Abwehr eingestellt war.

„Carmen, ob es Ihnen gefällt oder nicht, in dieser Sache haben Sie sich anzupassen“, sagte er mit Nachdruck.

„Ralph, diese Serie ist nichts als lesbenfeindlicher Unsinn. Ich gebe nicht nach.“

Er machte eine Pause. „Verdammt, ich brauche eine Person, die an den Sonderserien mitarbeitet.“

„Ron will keine Mitarbeit. Er will bestimmen und Schluß“, sagte ich ärgerlich.

„Carmen, er ist Ihr Vorgesetzter. Wenn es Probleme gibt, sprechen Sie mit mir. Wenn ich ihm recht gebe, ist das das Ende der Diskussion. Haben Sie mich verstanden?“

„Selbst wenn Sie im Irrtum sind?“ sagte ich. Ich wußte, daß ich zu weit gegangen war.

Sargents Gesicht lief dunkelrot an. „Das hier ist mein Bereich, und hier bestimme ich“, schnaufte er. „Sie sind von der Serie entbunden.“

Ich sah ihn wortlos an. Ich wußte, daß mein Job am dünnsten aller Fäden hing.

Er schimpfte weiter: „Ich möchte Sie warnen – Sie haben zu lernen, wie diese Redaktion funktioniert. Und Sie haben mit geschlossenem Mund zu lernen. Wenn nicht, dann sind Sie nicht lange in diesem Geschäft. Bevor Sie sich benehmen können wie ich, müssen Sie sich erst die Sporen verdienen. Merken Sie sich das.“ Er stand auf.

„Verdammter Hund“, sagte ich, nachdem er weg war. „Ich werde dir zeigen, wer hier nicht mehr an der Serie arbeitet.“

Sargent und Blazer kannten mich noch nicht. In die Enge getrieben, war ich so dickköpfig wie sie. Meine Großmutter, die Kirche und das staatliche Schulsystem hatten alles in ihrer Macht Stehende getan, um aus mir eine stille, unterwürfige, gottesfürchtige, heterosexuelle Südstaatenbaptistin zu machen. Um solchem Ansturm standzuhalten, braucht es einen starken Willen. Sargent und Blazer konnten sich auf etwas gefaßt machen.

***

Eine Stunde nach Sargents Zurechtweisung versuchte ich immer noch, das Organisationssystem des Archivs zu begreifen. Die chronologisch geordnete Sammlung der Mikrofilme einer jeden Ausgabe der Zeitung durchzusehen, wäre hoffnungslos zeitaufwendig. Nachdem ich lange Flure mit Aktenschränken durchforscht hatte, entdeckte ich eine andere Sammlung – Mikrofilme, die nach Themen geordnet waren. Ich suchte im Katalog und fand schließlich die Clipkarte über Metcalfs Frau, LaDonna.

LaDonna Metcalf war von der Bildfläche verschwunden, soviel war sicher. Es gab zwei Artikel über sie. Der eine war ein Nachruf. Sie war 1973 gestorben, als Rebecca noch in den Windeln lag. Der Nachruf war kurz. Unter der Schlagzeile LADONNA METCALF, 25; PFARRFRAU war von einer chronischen Krankheit als Todesursache die Rede, dann wurde kurz ihr Leben als Ehefrau und Mutter beschrieben, darauf folgten die Namen der Hinterbliebenen und woher sie stammten. Der andere Artikel war sechs Monate älter. Sie war am frühen Morgen in Frontier City mit dem Auto verunglückt und wegen verschiedener Verletzungen ins Krankenhaus gekommen.

Da war etwas faul. Leute, die mit dem Auto verunglückten, waren in der Regel entweder betrunken, unter Drogeneinfluß oder hatten Selbstmordabsichten. Oder es trafen alle drei Ursachen zu. Es sei denn, die Straßen waren vereist oder naß. Der Unfall war im März passiert; vielleicht war Eis auf den Straßen, aber das war eher unwahrscheinlich. In Oklahoma wird es meist zeitig Frühling. Ich sah in den Wetterberichten dieser Woche nach. Kein Hinweis auf Regen oder Schnee. Ich machte mir Ausdrucke und ging nach Hause.

Als ich spätnachts im Bett lag, verscheuchte ich alle Gedanken an Sargents Wut aus meinem Kopf, indem ich meine Strategie plante. Ich mußte mit Diane Barretts Kolleginnen an der Schule sprechen. Ich mußte wissen, wer sie war und was sie umtrieb. Über Rebeccas Leben mußte ich auch mehr erfahren. Hatte es in ihrer Umgebung Sexualtäter gegeben? Auch über Mrs. Metcalf mußte ich mehr wissen. Natürlich konnte ich die Hinterbliebenen fragen, aber warum sollten diese Leute – religiöse Fanatiker womöglich – mit einer Redakteurin über eine längst verstorbene Verwandte reden, die vielleicht Selbstmord begangen hatte? Zugegeben: Ich an ihrer Stelle würde einer neugierigen Journalistin den Gefallen nicht tun.

Rebecca Metcalf und ich hatten unsere Mütter früh verloren. Aber ich hatte wenigstens eine Ersatzmutter, die mich aufzog. Wie wäre mein Leben verlaufen, wenn ich von einem Vater aufgezogen worden wäre – genauer gesagt, einem Geistlichen? Mein Vater war mir immer fern gewesen: eine Stimme am Telefon, Postkarten und Geschenke zum Geburtstag und zu den Ferien. Sie mußte sehr einsam gewesen sein.

Ich beschloß, nach den Hinterbliebenen zu forschen. An Strategie würde ich denken, wenn es zu einem Treffen kam.

***

Am nächsten Morgen wurde ich vom Klingeln des Telefons geweckt.

„Hier spricht Julia."

Ich setzte mich auf. „Ja?"

„Was ist denn los?"

„Wie bitte?"

„Ich bin nicht gewöhnt, daß mich Leute verachten."

„Ich verachte Sie nicht."

„Doch, und wie", sagte sie. „Wir waren gerade dabei, uns anzufreunden. Da bekommen Sie plötzlich Magenschmerzen und verwandeln sich in ein gemeines Luder. Was sollte das?"

Ich atmete tief durch. Meine Uhr zeigte halb elf, und um diese Tageszeit ließ ich mir ganz gewiß nichts über meine Gefühle entlocken. „Julia, ich habe gestern lange gearbeitet, weil ich im Mikrofilmarchiv nach Material über die Mrs. Metcalf gesucht habe. Ich bin spät ins Bett gekommen. Sie haben mich aufgeweckt. Ich habe noch nicht einmal Kaffee getrunken."

„Entschuldigen Sie, aber die Sache nagt an mir. Ich bin es nicht gewohnt, daß man mich meidet. Sagen Sie, was los ist."

„Es gibt nichts zu sagen."

„Quatsch."

„Bitte", sagte ich. „Ich wiederhole: Es gibt nichts zu sagen."

Julia schwieg. Dann sagte sie: „Carmen, es war Ihnen gar nicht übel. Ich habe das gleiche gegessen, und mir wurde nicht schlecht. Sie haben sich plötzlich von mir abgewandt."

Julia gäbe eine gute Staatsanwältin ab. „Ich bin Ihnen keine Erklärung schuldig", sagte ich leise.

„Nein, natürlich nicht. Ich nehme an, ich habe die Situation einfach falsch eingeschätzt."

„Julia, ich wollte Sie nicht verletzen."

„Ich bin verletzt."

Sollte ich es ihr sagen? Vielleicht wußte sie es bereits und stellte sich nur dumm. Ich wollte nicht angreifbar sein. „Gut, Julia. Ich bin lesbisch, wenn es Sie interessiert." Ich wartete auf ihre Reaktion, aber sie sagte nichts. Ich sagte: „Ich wollte Sie kennenlernen. Aber ich wollte Sie nicht anfallen oder so. Im Lokal haben Sie angefangen, von Ihrem Freund zu erzählen. Da kam ich mir idiotisch vor, weil ich die Lage falsch interpretiert hatte, und deswegen wollte ich mich retten und meinen Stolz auch. Aber Sie, Miss Nichols, wollen mir das nicht gestatten."

Langes Schweigen.

„Julia, ich möchte auflegen."

„Können wir nicht noch einmal von vorn anfangen?"

Ich legte nicht auf. „Ich weiß nicht, ob das eine so gute Idee ist“, sagte ich.

„Carmen, ich mag Sie. Ich fühle mich in Ihrer Gegenwart entspannt. Ich bin gern mit Ihnen zusammen. Und Sie mögen mich auch, stimmt's?“

Gib keine Antwort, sagte ich mir. „Ja“, erwiderte ich.

„Jetzt haben wir reinen Tisch gemacht und können neu anfangen, oder?“

„Ich weiß nicht. Wie lauten die Grundregeln?“

„Von mir aus gibt es keine Grundregeln.“

Was hatte diese Frau vor? „Gut, Julia, ich bin dabei.“

„Diesmal bin ich an der Reihe. Ich lade Sie zum Abendessen ein und verspreche, nichts über Jungen zu erzählen. Außerdem treffe ich mich nicht mehr mit ihm. Wie wär's dieses Wochenende? Sonntag vielleicht?“

„Einverstanden. Sonntag ist gut.“

„Wir treffen uns um sechs vor dem Wohnheim.“

„Gern.“

Ich sah auf die Katzen, die am Fußende des Bettes schliefen. „Wie könnt ihr nur um diese Tageszeit schlafen?“ fragte ich sie.

***

Ich ging zeitig in die Redaktion, damit ich mit Leuten Kontakt aufnehmen konnte, die mit dem Fall Metcalf zu tun hatten.

Dem Nachruf zufolge lebte Jeannie Moffett, LaDonna Metcalfs Mutter, als ihre Tochter starb, in Arrowhead, einer Kleinstadt östlich von Frontier City. Ich rief die Auskunft an und fand heraus, daß eine J. Moffett noch immer dort lebte.

Ich räusperte mich und wählte die Nummer. Eine müde Stimme meldete sich.

„Hallo, mein Name ist –“, ich zögerte, „Carla Sullivan. Ich bin Reporterin des *Frontier City Herald.*“ Ich benutzte einen

Decknamen und gab die Konkurrenz an, für den Fall, daß sie mißtrauisch würde und mich anzeigen wollte.

„Ich bin bereits Leserin Ihrer Zeitung, meine Liebe."

„Es geht nicht um ein Abonnement, Ma'am. Spreche ich mit Mrs. Jeannie Moffett?"

„Ja, das bin ich", sagte sie argwöhnisch.

„Sind Sie die Mutter der verstorbenen LaDonna Metcalf?"

„Ja. Warum fragen Sie?"

„Wir beschäftigen uns mit dem Mord an Ihrer Enkelin, Ma'am, und wir würden gern mehr über ihre Mutter erfahren."

„Ich habe Ihnen nichts zu sagen."

Damit war die Leitung tot.

Wie dumm, wie dumm. Wenn ich etwas aus Mrs. Moffett herausbringen wollte, mußte ich nach Arrowhead fahren.

Dann versuchte ich Myra Hawkins und Ruby Weller ausfindig zu machen. Beide standen nicht im Telefonbuch, und deshalb rief ich die Schule an. Die Sekretärin war keine Hilfe. Dr. Hawkins und Ms. Weller waren nicht erreichbar, und die Privatnummern würde sie unter gar keinen Umständen herausgeben. Ihr schnippischer Ton ärgerte mich. Vielleicht war es eine Methode, Eltern einzuschüchtern. Ich hinterließ für beide Lehrerinnen eine Nachricht.

Am späteren Abend arbeitete Gruber an den Artikeln über den Fall Barrett, während ich meine Strafe absitzen mußte – ich korrigierte telegraphische Berichte für die landwirtschaftliche Seite, geistreiche Stücke über Wurmkuren beim Vieh und desinfizierende Bäder bei Schafen. Ich machte Sargent keinen Vorwurf, daß er mich bestrafte. Ich hatte ihn herausgefordert. Fürs erste mußte ich mich ruhig verhalten.

***

Am folgenden Tag war ich früh auf, um die dreißig Meilen gen Osten nach Arrowhead zu fahren. Trotz der spätsommerlichen Hitze trug ich einen dunkelblauen Hosenanzug mit einer zarten fraulichen weißen Bluse und hatte meine roten Ohrringe angelegt. Schal, Pumps und Handtasche paßten dazu. Sogar einen Hauch Makeup hatte ich aufgelegt. Die Katzen waren bei meinen Vorbereitungen überaus hilfreich, indem sie dauernd um meine Beine strichen und mich mehrmals zum Stolpern brachten.

Der vierspurige Highway 33 wurde an der Stadtgrenze von Frontier City zur zweispurigen Landstraße, die sich durch hügeliges Ackerland mit Traktoren, Lastwagen und alten Scheunen auf großen Feldern mit Alfalfa, Bohnen und Weizen schlängelte. Ich wußte nicht viel über Arrowhead. Großmutter und ich waren einmal durchgekommen, als wir zu Verwandten nach Arkansas fuhren, aber ich kannte mich nicht aus. Ich mußte hinfahren, fragen und hoffen, daß mir niemand mein japanisches Auto und die Frontier City-Nummer übelnahm.

An der Einfahrt zu Arrowhead wurde die Landstraße zur Main Street. Arrowhead war eine triste Stadt aus roten Backsteinen, gegründet zur Zeit der Indianerkriege. Ich hielt an Fred Gibbles Tankstelle, mit Zapfsäulen aus der Zeit der Wirtschaftskrise, und steuerte auf das Büro zu. Ein zahnloser alter Mann mit speckiger Baseballmütze blickte von seinem winzigen Schwarz-Weiß-Fernseher auf. Er sah „Bonanza“. Hoss kämpfte mit drei Schurken.

Mr. Zahnlos spuckte Tabaksaft in eine verrostete Kaffeekanne. „Was kann ich für Sie tun?“ fragte er.

„Hallo“, sagte ich mit meiner volksnahesten Stimme. „Ich suche die Hillman Road.“

„Wen suchen Sie denn da?“

„Mrs. Moffett.“

„Moffett. Hm. Verwandt mit ihr?“

„Mit der Familie befreundet“, sagte ich.

Er spähte hinaus auf mein Auto. „Jeannie hat nie von Freunden in Frontier City erzählt.“

„Können Sie mir sagen, wie ich dorthin komme?“ Ich erstickte fast in meinem Kunststoffpanzer. „Aber klar, Fräuleinchen. Bleiben Sie auf der Main bis zur alten Bible Church linker Hand. Biegen Sie nach links ab, das ist die Hillman. Jeannie wohnt in dem weißen Haus mit dem Zierbrunnen im Vorgarten. Nicht zu verfehlen.“

„Vielen Dank, Sir.“

„Gern geschehen, Fräuleinchen.“ Er widmete sich wieder den Abenteuern der Cartwrights.

Die Angaben von Mr. Zahnlos führten mich direkt zur Hillman Street, einer Schotterstraße in schlechtem Zustand, und zu Mrs. Moffetts kleinem Holzhaus, das dringend einen Anstrich nötig hatte. Ich klingelte viermal, dann erschien eine verhärmte Frau, die ein rosa Tuch über den Lockenwicklern trug und einen ausgeblichenen Morgenmantel mit Blumenmuster – hundertblättrige Rosen und grüne Blätter auf weißem Grund.

„Ja“, sagte sie.

Mein Herz klopfte. Warum mischte ich mich in die Angelegenheiten dieser Frau? „Mrs. Moffett?“

„Ja?“

„Ich bin Carla Sullivan. Ich habe Sie gestern angerufen.“

Sie wurde rot im Gesicht und wollte die Tür zuknallen.

„Einen Augenblick“, sagte ich. „Bitte, lassen Sie mich ganz kurz mit Ihnen sprechen.“

Sie verschränkte die Arme und starrte mich durch die Fliegentür an.

„Mrs. Moffett, ich weiß, daß es schmerzlich ist, aber ich möchte Ihnen ein paar Fragen stellen über den Tod Ihrer Enkelin.“

Ihr Blick war finster. „Kriegt Ihr Aasgeier denn nie genug?“

„Ich möchte Ihnen oder Ihrer Familie wirklich nicht schaden. Es tut mir leid, wenn die Presse Sie verletzt hat.“

„Ich brauche Ihr Mitleid nicht.“

„Madam, nur ein paar Fragen – ich bin den ganzen Weg von Frontier City hergefahren, um mit Ihnen zu sprechen."

Mrs. Moffett zuckte mit den Schultern, knallte aber die Tür nicht zu.

„Hat Rebecca jemals erwähnt, daß sie sich bei einem Lehrer, einem Nachbarn oder vielleicht einem Babysitter nicht wohl fühlte?"

Mrs. Moffett starrte mich lange an. „Davon hat sie nie etwas gesagt. Meinen Sie nicht, daß ich etwas unternommen hätte?"

„Ja, selbstverständlich hätten Sie etwas getan", sagte ich. „Hatte Ihre Tochter gesundheitliche Probleme, litt Sie unter Depressionen?"

Mrs. Moffetts Gesicht verzerrte sich zu einer Maske aus Trauer und Wut. „Was glauben Sie, wer Sie sind? Wenn Sie etwas schreiben wollen, schreiben Sie das: Meine LaDonna war eine gute Christin. Ein beliebtes, glückliches Mädchen. Immer superpünktlich zu Hause. Sie hätte jeden Jungen in der Stadt heiraten können. Dann bekam sie ein Musikstipendium und ging an die Lovell Taft-Universität. Sie war begabt, spielte Klavier wie ein Engel. Konnte alle Kirchenlieder auswendig. Hatte zwei wunderschöne Mädchen und einen tiefen Glauben an den Herrn Jesus. Sie wagen es, Ihre Nase in meine Familienangelegenheiten zu stecken? Der Herr hat LaDonna und Rebecca zu sich gerufen. Das ist alles."

Mrs. Moffett schlug wutschnaubend die Tür zu.

Ich ging zum Auto, mein Gesicht brannte vor Scham.

***

Zu Hause hörte ich den Anrufbeantworter ab. Dr. Hawkins hatte tatsächlich zurückgerufen. Von Weller gab es keine Nachricht. Ich wählte die Nummer, die Hawkins genannt hatte.

„Dr. Hawkins", meldete sich eine humorlose Stimme.

„Ja", sagte ich. „Mein Name ist Carla Sullivan. Ich bin Journalistin. Ich möchte gern mit Ihnen über den Fall Barrett sprechen. Könnten wir einen Termin vereinbaren?"

„Ich habe bereits mehrmals mit der Presse gesprochen. Ich sehe keinen Sinn in einem weiteren Interview."

„Bitte, Dr. Hawkins", sagte ich. „Es fehlen mir nur noch ein paar Informationen. Ich weiß, daß Sie sehr beschäftigt sind und daß sich dieser Fall schon lange hinzieht. Ich verspreche Ihnen, daß ich Ihre Zeit nicht lange in Anspruch nehmen werde."

„Also gut, Miss Sullivan", sagte sie.

Wir verabredeten ein Treffen in der kommenden Woche.

Ich riß mir die Kleider vom Leib, wusch das Makeup ab und zog bequeme Sachen an. Worauf hatte ich mich eingelassen? Ich war keine erfahrene Reporterin. Für die Studentenzeitung hatte ich einige kleine Reportagen gemacht, mehr nicht. Für den Rest meiner kurzen journalistischen Karriere war ich Sekretärin oder Schlußredakteurin gewesen.

Trotzdem, ich mußte versuchen, mit Reverend Metcalf zu sprechen. Bestimmt konnte er mir einen Hinweis geben, was mit seiner Frau und seiner Tochter passiert war.

Ich rief die Southside Tabernacle-Gemeinde an und vereinbarte einen Termin mit dem Geistlichen in der kommenden Woche. Ich telefonierte mit der Schule und hinterließ noch mal eine Nachricht für Ruby Weller.

***

Ich wollte Reverend Metcalf in Aktion erleben. Deshalb warf ich mich den folgenden Sonntag wieder in meinen marineblauen Hosenanzug und fuhr zur South Side. Wie alle guten fundamentalistischen Christen trug ich meine in schwarzes Leder gebundene kommentierte zweifarbige Bibelausgabe bei mir, in die mein Name in Goldbuchstaben eingeprägt war. Die Bibel war ein Geschenk meiner Großmutter, nachdem ich öffentlich mein Glaubensbekenntnis abgelegt hatte und dann – nach einer zermürbenden Woche in einem kirchlichen Zeltlager – mit zwölf Jahren getauft worden war.

Ich parkte unter einem schattenspendenden Baum auf dem weitläufigen Parkplatz, mitten in einem Waldgebiet. Bis zum Elf-Uhr-Gottesdienst war noch reichlich Zeit.

Das Gotteshaus war ein imposantes achteckiges Gebäude, flankiert von Büros und Klassenzimmern. Seine weißen stuckverzierten Wände wurden von riesigen bunten, drei Stockwerke hohen Glasfenstern unterbrochen. Als ich das Gebäude betrat, begrüße mich ein fröhlicher Mann im mittleren Alter mit angehender Glatze. Er trug eine weiße Freizeithose, ein kariertes Jackett, ein gelbes Hemd, und an Stelle einer Krawatte hing ein Kreuz aus Nägeln um seinen Hals. Er hatte einen Stoß Kirchenzeitungen auf dem Arm. „Guten Morgen, Schwester", sagte Mr. Sportlich und quetschte meine Hand mit evangelischem Eifer. „Jesus liebt dich und ich auch."

„Danke", sagte ich, nahm eine Zeitung und steuerte die erste Empore an. Die riesige Kirche hatte zwei davon. Die Kirchenbänke waren nicht lang und hart wie die der Baptistenkirche in der Vierzehnten Straße, sondern gepolsterte Theatersessel in dunkelblauem Samt, passend zum Teppich.

Die Zeitung war mehrfarbig und auf Hochglanzpapier gedruckt. Diese Kirche hatte Geld. Auf dem Titelblatt war eine Nachtaufnahme des Gotteshauses zu sehen, das Licht schien durch die abstrakten Muster der bunten Glasfenster. Die Rückseite zierte eine Studioaufnahme von Metcalf im Gebet. Die Zeitung enthielt die üblichen Informationen: kirchliche Mitarbeiter, Taufen, Hochzeiten, Todesfälle und die Namen von Kranken, die ins Gebet eingeschlossen werden sollten. Wie viele letzten Sonntag am Gottesdienst teilgenommen hatten, wurde genannt – 5432 –, wobei auch die eingeschlossen waren, die die Übertragung in Pflegeheimen, Gefängnissen und Krankenhäusern empfangen hatten. Ferner wurde das Resultat der Kollekte der letzten Woche bekannt gegeben: satte 35 879,15 Dollar. Unter dieser Zahl stand: „Wir wandern im Glauben ohne zu sehen, als Kirche, die den Zehnten erhebt." Ich überschlug die Rechnung und kam zu dem Ergebnis, daß, unter Berücksichtigung der flauen Sommerzeit, die Gemeinde über zwei Millionen Dollar im Jahr scheffelte. An Weihnachten und Ostern mußten ihre Tresore überquellen, wenn all die schuldbewußten Abtrünnigen auftauchten, um sich für ein weiteres Jahr ohne Kirchgang freizukaufen.

Ich blätterte weiter und kam zur Gottesdienstordnung für diese Woche: Kirchenlieder für die Gemeinde und den Chor; Lesungen aus der Heiligen Schrift und Predigtthemen. Rachel Metcalf war offenbar eine wichtige Solistin. „How Great Thou Art" – ein berühmtes Gospel, das von Elvis bis zu George Beverly Shea alle gesungen hatten, war ihr Solopart.

Ich beobachtete die Menge, die in die Kirche strömte. Die Leute sahen wohlhabend aus, alle trugen ihre eigene Bibel. Männer in teuren Anzügen. Frauen in der neuesten Mode. Gepflegte, gesund aussehende Kinder. Kein einziges braunes Gesicht im ganzen Haufen, außer meinem, und ich war nicht sehr braun. Wenn Leute meinen Namen nicht kannten, nahmen sie meist an, ich sei Weiße, vielleicht mit einer Cherokee-Großmutter. Raúl wäre in diesem Verein sicherlich aufgefallen.

Diese Gemeinde hatte mit meiner alten nur die schneeweiße Zusammensetzung gemeinsam. Sicher, in der Baptistenkirche der Vierzehnten Straße waren die Leute auch festlich gekleidet, aber in abgetragenen Kaufhausanzügen und Kleidern, die zu Hause auf einer Singer genäht waren. Wir versammelten uns in einem schlichten weißgetünchten Raum mit Holzbänken, gelben Plexiglasfenstern und Linoleumboden. Kollekte und Zahl der Gläubigen kamen an diese Kirche nie heran. Wenn es eine gute Woche war, kamen etwa vierhundert Leute. Und bei der Kollekte kamen maximal drei Riesen zusammen. Die Tabernakelgemeinde mußte der Traum jedes Geistlichen sein.

Die Lichter wurden heruntergedimmt. Der Gottesdienst begann. Zu meiner Überraschung erschien auf dem Podium unterhalb der Kanzel ein kleines Orchester. Die Gemeinde erhob sich.

Ich hörte ein grollendes Geräusch. Ein Schlagzeuger bearbeitete seine Trommeln. Eine Trompete stieß hohe durchdringende Stakkatotöne aus. Ich begann nervös zu schwitzen. Dieser Gottesdienst würde viel zu intensiv werden für meinen Geschmack. Der Chor, üppig gewandet, passend zu den Sesselbezügen und dem Teppich, trat auf das Podest hinter der Kanzel und sang fortissimo „All Hail the Power of Jesus' Name." Einige Gläubige stimmten ein, die altmodischen Pfingstler mit Tambourinen oder mit Klatschen.

Ich hatte einen riesen Fehler gemacht. Ich mußte hier raus. Der Ort war verrückt. Ich blickte nach links. Der Mann neben mir – ein gut gekleideter Geschäftsmann – wiegte sich zur Musik. Es wäre nicht klug, ihn zu stören. Ich sah nach rechts. Eine überaus vornehm aussehende Dame um die Fünfzig stand ruhig neben mir. „Entschuldigen Sie bitte", sagte ich und versuchte, mich verständlich zu machen, ohne die lautstarke Feier zu stören. „Ich muß gehen."

In dem Moment rannen ihr plötzlich Tränen übers Gesicht. Sie fing an zu stöhnen und zusammenhangloses Zeug von sich zu geben. Vielleicht wollte sie mir antworten, litt aber unter einer extremen Sprachstörung.

„Wie bitte?" fragte ich.

Der monotone Singsang ging weiter. Sie redete in Zungen.

Plötzlich fiel mir meine Sonntagsschule von früher ein. Mrs. Lofton hatte uns erzählt, daß Zungenreden nur zu Zeiten der Apostel vorgekommen war und daß alle, die heute von sich behaupteten, in Zungen zu reden, entweder hysterisch oder von Dämonen besessen waren.

Ich beobachtete die Frau neben mir und schauderte. War sie womöglich besessen? Reiß dich zusammen, Carmen, befahl ich mir. Ich hätte als Kind nicht *Der Exorzist* lesen, sondern auf Grandma hören sollen. Seither machte ich mir vor Dämonenangst schier in die Hose. Ich atmete tief durch und versuchte mich zu beruhigen.

Das Eingangslied dauerte gut fünfzehn Minuten, was mir fast wie eine Stunde vor kam. Wenn sie das an einem normalen Sonntag schon so trieben, mußte Ostern die Supershow sein.

Es folgten noch mehr Hymnen und einleitende Worte von Hilfsgeistlichen. Meine Platzangst steigerte sich von Minute zu Minute. Endlich kam Bobby Ray Metcalf auf das Podium. In seinem makellosen dunklen zweireihigen Maßanzug sah er mehr wie ein Geschäftsmann denn wie ein Prediger aus. Grandma hätte ihn einen protzigen Typen genannt.

„Wer von euch ist froh, im Hause des Herrn zu weilen? Sagt Amen“, begann er mit gepflegter dröhnender Stimme.

Ein donnerndes Amen stieg aus der versammelten Gemeinde auf. Außer von mir.

Seine Stimme wurde weinerlich drängend. „Viele von euch wissen, daß meine Frau LaDonna und vor zwei Jahren meine kleine Rebecca heimgerufen wurden zum Herrn. Aber wissen Sie auch dies? Der Herr ließ mir eine Freude im Leben, meine kleine Rachel.“

Die Gemeinde fing an zu applaudieren. Jetzt würde sie endlich auftreten. Er wartete, bis der Applaus verebbte. „Und nun wird meine kleine Rachel für Sie singen. Sie studiert im ersten Semester Musik an der Lovell Taft-Universität. Heißen wir sie herzlich willkommen. Sie hat schon lange nicht mehr vor dieser Gemeinde gesungen.“

Der Applaus schwoll wieder an. Guter Gott, worauf würden

diese Leute denn nicht reagieren? Sie waren wie eine Herde dressierter Seehunde. Ich mußte raus hier.

Eine kleine Person kam vom Chorpodium herunter zur Kanzel. Reverend Metcalf lächelte und umarmte seine Tochter.

Rachel hob die Hand. Der Applaus verstummte. Ich strengte mich an, ihren Gesichtsausdruck zu sehen. Sie schien zu lächeln. Sie sprach mit zaghafter Stimme. „Ich möchte Ihnen allen danken, daß Sie in der Zeit meiner Krankheit für mich gebetet haben. Gott segne Sie alle.“ Wieder wurde geklatscht. Rachel lächelte, nickte dem Organisten zu, der mit dem Vorspiel zu „How Great Thou Art“ begann.

Während sich die junge Frau dem Lied hingab, schien alle Schüchternheit von ihr abzufallen. Sie hatte die musikalische Begabung ihrer Mutter geerbt und sang gekonnt und mit Gefühl. Am Schluß spendeten die Gläubigen ihr stehend Beifall. Viele weinten.

„Ich danke Euch“, sagte sie und jetzt war sie wieder schüchtern. „Gott segne Euch alle.“ Und damit trat sie in den Chor zurück.

Ich konnte es einfach nicht mehr aushalten. Der Gottesdienst dauerte schon über eine Stunde. Als das nächste Lied angestimmt wurde, stimmte ich einen Husten an. Ich hustete fürchterlich, wie eine Tuberkulosekranke auf dem Sterbebett.

Die zungenredende Dame sah mich besorgt an. „Ist alles in Ordnung?“ fragte sie.

Ich war erleichtert, daß ich sie verstehen konnte. „Ich glaube, ich brauche einen Schluck Wasser.“

Sie rückte zur Seite und ließ mich vorbeigehen. Ich erinnerte mich, daß ich mich immer noch in der Kirche befand und nicht rennen sollte. In der Vorhalle wurde ich wieder von Mr. Sportlich begrüßt. „Alles in Ordnung, Schwester?“

„Nur dieser schreckliche Husten. Ich glaube, ich gehe besser nach Hause.“

„Bruder Bobby Ray legt nach dem Abendgottesdienst die Hände auf, vielleicht möchten Sie dann wiederkommen. Der Herr wird den Hustenteufel austreiben."

„O ja, das werde ich bestimmt tun", sagte ich. „Übrigens, ich bin neu hier. Was hat Rachel gefehlt?"

„Sie war, nachdem ihre Schwester starb, eine Zeitlang im Vinewood Hospital. Eine Depression oder so. Armes Kind. Aber unsere Gebetskämpfer beteten ihr den Dämon der Verzweiflung bald heraus. Gelobt sei Gott."

„Amen", sagte ich. „Auf Wiedersehen."

„Auf Wiedersehen, Schwester. Kommen Sie wieder. Füllen Sie nur diese Besucherkarte aus. Und rufen Sie unsere Gebetskämpfer an, wenn Sie in Nöten sind. Wir legen sie dem Kreuz zu Füßen."

„Ich danke Ihnen", sagte ich und strebte dem Ausgang zu, bevor Mr. Sportlich mir noch einen Dämon austreiben konnte. Sobald ich draußen war, rannte ich zum Auto.

***

Wieder zu Hause, dachte ich über die Verabredung mit Julia nach. Ich schwankte zwischen Wut und neugieriger Spannung. Ich griff zum Telefon.

„Charles, ich bin's, Carmen."

„Hallo, meine Süße", sagte er. Ich spürte, daß er enttäuscht war. „Wie geht es dir?"

„Nicht schlecht", sagte ich. „Wie steht die Sache zwischen dir und dem Handelsvertreter?"

„Roger ist bereits eine Ewigkeit unterwegs. Ich habe zwei geschlagene Tage nichts von ihm gehört. Es bringt mich um."

„Das tut mir leid. Warum rufst du ihn nicht einfach an?"

„Er befindet sich irgendwo zwischen hier und Bakersfield. Wenn er Zeit hat, würde er mich anrufen, hat er gesagt. Ich kann nur warten."

„Er ruft bestimmt an. Vielleicht kann er sich vor Arbeit nicht retten.“

„Das hoffe ich. Als das Telefon klingelte, dachte ich, er wäre dran. Also, was hast du auf dem Herzen, Liebling?“

„O Charlie, du hast es gerade auch nicht leicht. Ich will dir nicht noch mehr aufhalsen.“

„Unsinn. Geteiltes Leid ist halbes Leid. Das solltest du wissen.“

„Ich will es kurz machen, da du auf einen Anruf von deinem Schatz wartest. Es geht um Julia. Ich weiß, daß sie hetero ist. Sie hat von einem Freund gesprochen. Ich habe ihr gesagt, daß ich lesbisch bin, aber sie will trotzdem mit mir ausgehen. Ganz freundschaftlich, verstehst du.“

„Du hast natürlich abgesagt?“

„Wir gehen heute Abend zusammen aus.“

„O Gott, Carmen.“

„Ich weiß nicht, was ich tun soll.“

„Ruf sie sofort an. Sag ab. Warte, bis eine nette Lesbe daherkommt, die ihren Verstand beisammen hat. Glaub mir, diesen Kummer kannst du dir ersparen.“

„Ich weiß, du hast recht.“

„Aber sicher, Schätzchen.“

„Es gibt auch Ärger bei der Arbeit. Ich sollte an einer Serie über Diane Barrett mitarbeiten.“

„Du meinst die lesbische Lehrerin?“

„Ja. Ich finde unsere Berichterstattung unfair, geradezu homophobisch, und ich hielt mit dieser Meinung nicht hinter dem Berg. Deswegen hat mir der Chef den Auftrag entzogen. Er ist sauer, und ich kann es ihm nicht einmal übelnehmen.“

„Carmen. Du bist in Oklahoma, nicht in Greenwich Village. Sei vorsichtig. Wenn du offen lesbisch bist, kannst du eine Menge Schwierigkeiten bekommen.“

„Als ob ich das nicht selber wüßte. Bitte, paß auf dich auf und verplempere nicht deine Zeit neben dem Telefon. Stell den Anrufbeantworter an und geh aus, um Gottes willen. Du bist in Berkeley, direkt neben der Schwulenhauptstadt der Welt. Geh und genieß das."

„In Ordnung, Carmen. Achte auf dich."

Ich wußte, daß er meinen Rat nicht befolgen würde. Und ich hatte nicht die Absicht, Julia abzusagen und den Fall Barrett sausenzulassen.

***

Später am Abend saßen Julia und ich in einer Pizzeria in der Nähe des Campus und schwiegen angestrengt. Julia hatte das Lokal ausgesucht, weil hier Bier auch an unter Einundwanzigjährige ausgeschenkt wurde. Ich war nervös und gereizt, weil ich meine Gefühle für Julia nicht beherrschen konnte. Noch immer schlug mein Puls in ihrer Nähe schneller. Sie sah gut aus, wie immer, in ihren khakifarbenen Bermudas und dem fröhlich gemusterten Hawaiihemd über einem dunkelblauen Top. Ihre grünen Augen leuchteten im Kerzenlicht. Ich hatte mir diesmal keine sonderliche Mühe gemacht, sondern einfach Jeans und ein schlichtes rotes T-Shirt angezogen. Wenigstens ließ das Rot meine dunklen Augen dramatischer erscheinen.

Schließlich sagte Julia: „Das war vielleicht keine so gute Idee."

„Ich weiß nicht. Warten wir's ab."

Unsere Pizza kam, und wir aßen schweigend. Ich hielt die Spannung nicht mehr aus. Als wir auf die Rechnung warteten, beschloß ich, die Dinge zu forcieren.

„Vielleicht sollten wir jetzt irgend etwas unternehmen."

„Was zum Beispiel?"

„Ich weiß auch nicht. Billard spielen oder so."

„Einverstanden", sagte Julia. „Gehen wir."

Wir gingen zum Auto. „Hast du einen falschen Ausweis?"

„Ja. Warum?"

Ich hatte die Spielchen satt und setzte alles auf eine Karte. „Wir könnten in eine Frauenbar gehen. Dort können wir Billard spielen oder Videospiele machen, ohne daß uns Männer auf den Wecker gehen. Aber Crystal ist streng mit den Ausweisen."

„Eine Bar nur für Frauen?"

„Ja. Für Lesben", sagte ich und beobachtete ihre Reaktion. Sie schien ein wenig verwirrt. „Wenn es dir unangenehm ist, können wir auch woandershin gehen."

„Nein, mir dir gehe ich gern hin – wenn es nicht unanständig ist oder so."

Ich stockte, dann machte ich einen Rückzieher. Sie war nicht interessiert. „Nein, lassen wir es. Es war keine gute Idee. Du würdest es vielleicht unanständig finden."

„Ist das so eine Art Test?"

„Nein", sagte ich. Doch, es war ein Test. „Überhaupt nicht. Ich habe dich gefragt, und du hast gesagt, daß es dir unangenehm wäre. Dann gehen wir eben nicht hin."

„Wie auch immer", sagte Julia ärgerlich. „Ich habe nichts andeuten wollen mit dieser Bemerkung."

„Ja, das glaube ich dir."

„Carmen, ich mache gern alles mit, was du willst. Ich mag mich nur nicht wie bei einer Prüfung fühlen."

„Vergiß es."

Sie war vorausgelaufen. „Hör auf mit dem Spiel. Fahr zu dieser Bar oder bring mich nach Hause. Verstanden?" sagte sie.

„In Ordnung", antwortete ich.

Wir fuhren schweigend quer durch die Stadt ins *Crystal's*. Der Parkplatz war leer.

„Ich glaube, es ist gar nicht geöffnet", sagte Julia.

„Vielleicht". Ich fuhr an die Tür heran. Tatsächlich: Auf dem Schild am Fenster stand GESCHLOSSEN.

„Was nun?" fragte Julia.

„Ich hätte schwören könne, daß offen ist."

„Möchtest du mit zu mir kommen?" bot Julia an. Sie versuchte vergeblich, ruhig zu wirken. Ich sah bestimmt noch schlimmer aus.

„Ich habe eine Flasche Wein. Wir könnten Karten spielen. Oder fernsehen. Ich habe einen Apparat im Zimmer. Der Bildschirm ist klein, aber in Farbe."

„Und deine Zimmerkollegin?"

„Ich habe ein Einzelzimmer."

Karten, Fernsehen und Wein in ihrem Einzelzimmer. Obwohl ich angestrengt versuchte, mich zu beherrschen, klopfte mein Herz wie wild. Mir war komisch im Magen, obwohl ich nur ein Glas Oklahoma-Bier mit wenig Alkoholgehalt getrunken hatte, der sich längst verflüchtigt hatte.

Du wolltest sie in eine Lesbenbar mitnehmen, sagte ich zu mir. Jetzt lädt sie dich in ihr Zimmer ein. Versuch doch, dich ein einziges Mal nicht wie eine Neurotikerin zu benehmen. Tu was. Analysier es nicht zu Tode. Sag einfach Ja. „Gern, wenn du möchtest."

***

Wir gingen durch die Eingangshalle der Mabel Smith Hall auf eine Doppeltür zu. Ich erstarrte. „Ich will nicht deinen Ruf ruinieren, indem ich in dein Zimmer gehe."

Sie starrte mich an. „Gott, bist du immer so dramatisch?"

Sie hatte ja recht. Das hier war nicht *Quell der Einsamkeit*. Ich rang mir ein Lachen ab.

„Mach dir keine Sorgen. Hier gehen andauernd Leute aus und ein. Niemand kümmert sich darum. Und selbst wenn, ich kümmere mich nicht."

Ich würde also mitgehen, und wir würden ein wenig schwatzen. Keine große Geschichte. Ich folgte ihr in den zweiten Stock. Ihr Zimmer lag neben der Treppe. An der Tür,

Nummer 201, war eine rosarote Papierrose befestigt, auf der ihr Name stand.

„Das ist aber hübsch“, sagte ich.

„Das machen die Tutorinnen an alle Türen.“

Wir traten ein. Der Raum gab dem Wort „winzig“ eine neue Bedeutung. Es reichte gerade für ein breites Bett, Schreibtisch, Bücherregal, Kleiderschrank, Waschbecken und Minikühlschrank. Julia hatte die Wände mit Postern von San Francisco, New York, New Orleans und Miami dekoriert.

„Bist du Weltreisende?“ fragte ich mit einem Blick auf die Poster.

„Meine Cousine Raylene ist Flugbegleiterin bei der American Airline“, erklärte sie. „Sie hat sie mir geschenkt, als ich aufs College ging.“ Sie wies auf das Bett. „Setz dich. Ich hole was zu trinken.“

Ich setzte mich auf das Bett, das mit einem handgearbeiteten Quilt bedeckt war – grün und weiß mit roten Tulpen. „Ein netter Quilt. Hat ihn deine Mutter gemacht?“

„Ja, klar.“ Julia reichte mir einen weißen Plastikbecher mit dem Aufdruck *FCU, Home of the Fighting Tornadoes*.

Ich nippte an dem Weißwein. Billig, aber nicht unerträglich.

„Tut mir leid, Becher und Wein sind nicht vom Feinsten, aber ich habe nichts Besseres.“

„Schon gut. Hör auf, dich zu entschuldigen“, sagte ich. „Ich lebe auch nicht gerade wie die Königin von England. Meine Wohnung ist nicht viel größer als dein Zimmer. Ich wette, du würdest dort auch nicht zwei zusammenpassende Tassen oder Teller finden. Mein ganzer Besitz stammt von meiner Großmutter oder vom Trödel, außer den Luxusgegenständen – die stammen aus dem Kaufhaus. Aber dafür zahle ich auch wenig Miete, weshalb ich so leben kann, wie ich lebe. Die Wohnung liegt über der Garage meiner Großmutter.“

„Du sprichst oft von deiner Großmutter“, bemerkte Julia.

„Sie hat mich aufgezogen. Meine Mutter starb, als ich ein

Baby war. Mein Vater lebt in New York City. Er hat zusammen mit seinem Bruder ein Reisebüro. Er hat es sich wohl nicht zugetraut, mich großzuziehen. Deswegen hat er mich zu Grandma Sullivan gebracht. Großvater starb kurz nachdem Raúl meine Mutter geheiratet hatte. Der Arzt diagnostizierte Herzinfarkt, aber meiner Großmutter zufolge hat ihn der Anblick seines hellhäutigen rothaarigen Mädchens, das am Arm eines Puertoricaners in die Kirche einzog, umgebracht."

„Heiliger Strohsack."

„Richtig. Ich weiß nicht, wie ihr zumute war, als dieses kleine braune Baby ihr vor die Tür gelegt wurde. Aber sie hat mich immer gut behandelt. Das heißt, so gut, wie sie überhaupt jemanden behandeln kann." Ich merkte, daß ich anfing zu plappern – ein sicheres Zeichen von Nervosität. Ich trank den Wein aus.

„Mehr?" fragte Julia.

„Nein. Lieber nicht. Ich muß noch fahren. Außerdem ist mein Mundwerk schon jetzt allzu locker."

„Ich habe die Geschichte gern gehört."

Ich erwiderte nichts.

„Möchtest du ein paar Familienfotos sehen?"

„Gern."

Sie zog ein großes blaues Album aus dem Regal und setzte sich neben mich aufs Bett. Mein Herz klopfte heftig. *Reg dich ab, Mädchen. Sie zeigt dir nur ein paar Fotos.* Das Album fing mit einem Bild von Naomi und Bob Nichols an, die vor der Nicholsschen Eisenwarenhandlung standen. Beide trugen Arbeitsschürzen, Sportmützen und Sweatshirts mit dem Namen des Ladens. Naomi war eine schlanke Frau mit hellbraunem Haar, Bob ein stämmiger Blonder; er hätte Boxer sein können.

„Das Geschäft von Mom und Dad", sagte Julia. „Sie haben es ganz allein aufgebaut."

Nach einigen weiteren Bildern vom Laden kamen wir zum

Wohnhaus der Familie, einem weitläufigen Landhaus in den Wäldern außerhalb von Wilton. Dad vor seinem Lastwagen mit Allradantrieb. Mom vor ihrem Ford. Ein Aufkleber mit dem Text „Jesus Is Lord“ zierte die Stoßstange. Dad in Pose mit verschiedenen toten Fischen, Wild und Geflügel. Mom an Quilts und Knüpfteppichen arbeitend.

„Bist du ein Einzelkind?“

„Ja“, sagte Julia. „Ein Überraschungsbaby. Mom hatte viele Frauenprobleme, wie man so sagt. Sie haben jedenfalls nicht gedacht, daß sie je ein Kind haben könnte. Aber hier bin ich.“

Die Fotoparade ging weiter mit Julias Taufe. Julia, tropfnaß, sah in ihrem weißen Gewand absolut herzig aus. „Oh, du warst süß“, sagte ich. *Fang nicht an, über ihr Aussehen zu reden.* „Wie alt warst du damals?“

„Zehn“, sagte sie.

„Welches Bekenntnis?“ fragte ich.

„Hundertprozentige Südstaatenbaptisten. Dad ist Diakon und Mom Lehrerin an der Sonntagsschule. Ich hatte keine andere Wahl. Sie wissen nicht, daß ich nicht mehr in die Kirche gehe.“

„Oje“, sagte ich. „Ich bin auch so aufgewachsen. Es ist schwer, sich davon zu lösen.“

„Ich ertrage diese Schreipredigten nicht mehr. Ich glaube nicht mehr an das schwarz-weiße Weltbild der Baptisten.“

„Ich weiß, was du sagen willst.“

Schließlich tauchten neue Gesichter auf. Großeltern, Großtanten, Großonkel, Cousinen, Onkel, Tanten. Wir kamen zu mehreren Schnappschüssen von zwei flachshaarigen Mädchen.

„Bist du das?“ fragte ich.

„Ja, ich und meine Cousine Louanne. Wir waren wie Schwestern. Im Sommer waren wir jeden Tag beisammen, bis wir zwölf oder dreizehn waren. Die Leute hielten uns für Zwillinge.“

„Wo ist sie jetzt?“

„Sie ist hier an der Taft-Uni. Sie ist Tutorin und für eines der Wohnheime zuständig."

„Das ist ja interessant." Ich fragte mich, ob Louanne mir helfen konnte, mit Rachel Metcalf Kontakt aufzunehmen.

„Alle in ihrer Familie sind ekstatische Pfingstler. Louanne war von Geburt an dazu bestimmt, auf die LTU zu gehen."

„Habt ihr noch Kontakt?"

„Selbstverständlich." Julia sah mich irritiert an, schloß das Album und stand auf.

„Ich brauche ein paar Informationen über eine LTU-Studentin. Ich würde gern Rachel Metcalf kennenlernen. Glaubst du, daß Louanne behilflich sein könnte?"

„Worum geht es denn?"

„Hast du von dem Mord an Rebecca Metcalf gehört?"

„Ja, schon. Wieso?"

Ich gab Julia eine Kurzfassung dessen, was ich wußte.

„Ich glaube, daß Louanne damit nichts zu tun haben möchte", sagte sie bestimmt.

„Du mußt ihr ja nicht die ganze Geschichte erzählen."

„Ich kann sie nicht anlügen. Sie gehört zur Familie. Außerdem könnte sie Schwierigkeiten bekommen." Julias grüne Augen wurden wütend, sie fing an, im Zimmer auf und ab zu gehen.

„Nein, bestimmt nicht." Ich versuchte beruhigend zu klingen.

„Was weißt denn du? Diese Uni ist praktisch wie ein Gefängnis. Jeder Verstoß gegen die Regeln muß der Schulleitung gemeldet werden. Sogar die Hausgeistlichen müssen Schnüffeldienste machen. Ab elf Uhr ist Ausgangssperre für Frauen. Obligatorischer Kirchgang zweimal die Woche. Kleiderordnung. Sie führen über alle genau Buch. Ich kann sie da nicht hineinziehen."

Sie hatte recht. Es war zuviel verlangt. „Schon gut. Tut mir leid, daß ich es angesprochen habe."

„Es gefällt ihr dort. Ich will nicht, daß sie in Schwierigkeiten kommt."

„Vergiß es."

„Du kannst von der Uni fliegen, nur weil du was getrunken hast."

„Laß gut sein."

Julia überlegte. „Hör zu. Ich kann sie anrufen und fragen. Aber ich werde sie nicht drängen."

„Mehr habe ich auch nicht erwartet", sagte ich freundlich. „Danke."

Sie setzte sich wieder aufs Bett. Wir saßen eine Weile nebeneinander, ohne uns anzusehen.

„Was möchtest du jetzt tun?" fragte Julia.

„Mir ist alles recht."

„Willst du fernsehen?"

„Ich weiß nicht. Was möchtest denn du?"

„Ich könnte uns Popcorn machen."

„Ich habe eigentlich keinen Hunger", sagte ich. „Vielleicht sollte ich gehen. Es ist spät, und sicher hast du noch zu tun."

„Nein, eigentlich nicht. Ich finde es nett, wenn du einfach nur da bist." Julia lehnte sich zurück. Ihr offenes Hawaiihemd zeigte viel von ihrem Top. Sie trug wieder keinen BH.

Ich war gern hier. Zu gern, als daß es mir gut tat.

„Wenn du gehen willst, geh nur."

Ich stand auf. Die Spannung machte mich verrückt. Wenn ich noch länger neben ihr saß, würde ich laut schreien.

„Carmen?"

„Ja?"

„Was ist los mit dir?"

„Nur ein wenig unruhig." So unruhig, daß ich am liebsten aus der Haut gefahren wäre.

„Hör mal, du mußt mich nicht bei Laune halten. Wenn du gehen möchtest, gehst du einfach."

Ich sah sie an. Sie lächelte mich mit ihren grünen Augen

an. Mein Puls raste, ich räusperte mich. „Es ist hart für mich, hier zu sein."

Julia wirkte verletzt. „Was mache ich falsch?"

„Nichts", sagte ich.

„Magst du mich nicht?"

Ich stockte. „Julia, verstehst du nicht? Natürlich mag ich dich. Das ist ja das Problem. Ich mag dich so sehr, daß es hart ist für mich, bei dir zu sein."

„Wie meinst du das?" fragte Julia.

„Du ziehst mich an. Merkst du das nicht? Du berührst mich im Innersten. Ich wollte das nicht für dich empfinden. Ich wollte das für niemanden mehr empfinden. Aber jetzt bin ich hier und mache mich lächerlich."

„Du machst dich nicht lächerlich", sagte sie, setzte sich auf und verschränkte die Arme über der Brust. Dann, nach einer langen Pause: „Es schmeichelt mir, daß du dich von mir angezogen fühlst."

„O Gott", sagte ich. Ihre Art zu sprechen tat mir weh. „Verschone mich. Das habe ich schon öfter gehört."

„Du bist nicht die einzige, die Gefühle hat", sagte sie, atmete tief durch und strich mit den Händen nervös über die Beine ihrer weiten Bermudas. „Ich habe auch Gefühle für dich. Gefühle, derer ich nicht sicher bin. Aber ich bin gern mit dir zusammen. Ich kann nicht glauben, daß ich dir das sage. Es macht mir Angst."

„Ich werde dich nicht anspringen."

Julia starrte die Wand an. „Carmen, ich bin ganz durcheinander. Ich habe einmal mit einem Mann geschlafen. Und das hat mich, ehrlich gesagt, nicht umgehauen. Hast du je mit einem Mann geschlafen?"

„Nein. Ich hatte nie das Bedürfnis."

„Ich fühlte mich eigentlich nicht zu ihm hingezogen, aber er war so hartnäckig. Da dachte ich, warum es nicht mal ausprobieren? Das war wohl dumm von mir."

„Du mußt dich vor mir nicht rechtfertigen."

Sie schwieg eine Weile. „Als Jugendliche war ich nie sonderlich an Jungs interessiert. Ich dachte, das sei so, weil ich eben ein braves Mädchen bin und die Kirche sehr ernst nehme. Die Gesellschaft von Mädchen habe ich aber immer sehr genossen. Sie haben mich wirklich interessiert. Ich bewunderte ihre Schönheit, ihre Persönlichkeit. Wahrscheinlich könnte man sagen, ich sei in sie verknallt gewesen."

Sie erzählt dir das große lila Geheimnis. Meine Nerven dürften nach dieser Woche einen bleibenden Schaden davontragen.

„Ich will damit nur sagen, daß ich dich auch mag. Ich bewundere dich, verstehst du. Ich finde dich so schön. Noch weiß ich nicht, was das bedeutet, aber ich möchte mit dir ausgehen. Ich meine, ich will mit dir gehen. Was das andere betrifft, weiß ich noch nicht. Aber ich finde wirklich, daß du eine aufregende, attraktive Frau bist." Sie sah schmal und verwirrt aus, wie sie so auf dem Bett saß. Einfach hinreißend.

Ich setzte mich neben sie.

„Darf ich meinen Arm um dich legen?" fragte ich.

„Ja", sagte sie zögernd.

Langsam und vorsichtig legte ich meinen Arm um ihre Schultern. „Julia, bei mir bist du sicher. Ich habe nicht vor, dich zu überrumpeln und die Situation auszunutzen. Es wäre mir eine Ehre, mit dir auszugehen und dich kennenzulernen."

„Du bist so süß", sagte sie.

Es war mir peinlich, daß sie das von mir dachte. „Danke", sagte ich. „Ich glaube, ich muß jetzt gehen. Wir sollten die Sache überdenken. Ich will nichts überstürzen."

„Wahrscheinlich hast du recht."

Ich ging zur Tür.

„Ich möchte dich zum Auto begleiten."

Schweigend gingen wir zu meinem Civic. Ich schloß die Tür auf.

Julia sah mich an. „Ich wollte, du würdest nicht gehen."

„Grandma paßt sehr auf mich auf. Sie würde sich schreckliche Sorgen machen, wenn ich nicht auftauchte."

„Du bist erwachsen."

„Das glaubst du", sagte ich und sah mich um. Der Platz schien menschenleer. Hol der Teufel herumschleichende Schwulenfeinde. „Darf ich dich umarmen?"

„Bitte", sagte Julia.

Ich wollte sie eigentlich nur kurz in den Arm nehmen, aber sie hielt mich eng umschlungen. Mein Körper fühlte sich lebendig und mit ihr verbunden. Nach einer ganzen Weile lösten wir uns voneinander.

„Danke", sagte ich.

„Ich danke dir."

„Alles in Ordnung?"

„Klar", sagte sie.

Ich küßte ihre Hand. „Sei vorsichtig. Ich muß jetzt gehen", sagte ich. Ich wartete, bis sie sicher wieder im Haus war, dann fuhr ich los und fühlte mich glücklicher als je zuvor.

***

Kaum war ich zu Hause, mußte ich feststellen, daß Glück vergänglich ist. Ich sah meine medial begabte Großmutter aus der Hintertür spähen, als ich aus dem Civic stieg, und wußte, daß jetzt der Teufel los war. Noch ein Grund, eine neue Wohnung zu suchen. Am nächsten Morgen rief ich Raúl im Reisebüro an.

„Hier spricht Carmen."

„Was gibt's?"

„Kannst du mir Geld leihen?" Es war das erste Mal, daß ich ihn um Geld bat.

„Ist was passiert?"

„Meine Wohnsituation ist nicht sehr befriedigend. Ich

muß was Neues suchen und habe nicht die Zeit, darauf zu sparen."

„Ich verstehe", sagte er. „Natürlich helfe ich dir."

„Danke", sagte ich.

„Ich weiß, daß du mich nur im äußersten Notfall bittest. Du wolltest nie meine Hilfe. Willst du mir erzählen, was los ist?"

„Es geht um Grandma. Du kennst sie. Ich verspreche, daß ich dir jeden Penny zurückzahlen werden, plus Zinsen."

„Das weiß ich, Carmen", sagte er.

***

Es war an der Zeit, mit Grandma Kriegsrat zu halten. Ich wappnete mich und ging zu ihr hinüber. Sie saß in ihrem Fernsehsessel und sah *As the World Turns*.

„Hallo, Grandma", sagte ich. Da sie sich weigerte, den Blick vom Fernseher abzuwenden, schaltete ich ihn aus.

„Was fällt dir ein?"

„Wir müssen etwas besprechen, altes Haus."

Sie warf mir einen finsteren Blick zu und zündete sich eine Zigarre an – sozusagen chemische Kriegsführung.

„Mach's kurz", sagte sie. „Ich will die Sendung nicht verpassen."

„Grandma, ich mag dich sehr, aber so können wir nicht weiterleben. Die meiste Zeit gefällt dir nicht, was ich mache, und mir gefällt es nicht, daß du mich immer beobachtest. Ich finde, das ist nicht gesund."

Sie sog an ihrer Zigarre. „Gesund? Was weißt du, was gesund ist? Du tust, was du willst. Ich habe keinen Einfluß auf dich."

„Stimmt", sagte ich. „Alte dumme Nuß. Du bist die einzige Mutter, die ich hatte. Natürlich hast du Einfluß auf mich."

Die alte Frau fing an zu weinen.

„Bitte tu nicht so, als würde ich dich hinterrücks erdolchen. Ich bin fast fünfundzwanzig. Es wird Zeit für mich zu gehen."

Sie heulte weiter. „Es ist ein Mädchen, stimmt's? Du willst wieder mit einer Perversen zusammenhausen."

„Ich kenne eine – auf freundschaftlicher Basis. Aber ich werde allein leben."

Sie stieß einen langen leisen Seufzer aus. „Ich wußte es. Ich wußte es."

„Ich weiß, daß du es wußtest."

Sie drückte heftig ihre Zigarre aus. „Wenn sie dich wieder sitzenläßt, kommst du nicht hier angekrochen. Hörst du? Du wirst mein Leben nicht wieder durcheinander bringen. Pack deine Sachen und verschwinde. Und glaub nicht, daß du deine widerlichen Freundinnen herbringen kannst. Das ist mein Haus."

„Das weiß ich, Grandma."

„Weißt du, was in der Bibel über deine Art zu leben steht? Ein Greuel ist sie, steht da. Du wirst in der Hölle schmoren, steht da. So spricht der Herr. Nicht ich. Ich habe versucht, dich zu erziehen, weiß Gott. Ich hätte nie erlauben sollen, daß du nicht mehr zur Kirche gehst."

„Grandma", sagte ich. „Selbst wenn du mir eine Pistole an die Schläfe setzen würdest, ginge ich nicht mehr in die Baptistenkirche. Verstehst du? Ich gehe nicht mehr. Nie mehr. Und wenn du glaubst, daß ich in der Hölle braten werde, weil ich so bin, wie ich bin, dann soll es mir recht sein."

„In der Bibel steht, daß Spötter sein werden in den letzten Tagen, die ihre unheiligen Lüste leben."

„Hör auf. Bitte."

„Lies es nach, wenn du mir nicht glaubst. Es steht im Judasbrief."

„Ich kenne die Bibel."

„Auch die Teufel in der Hölle zitieren die Schrift."

„Ich bin kein Teufel. Ich bin nur eine Lesbe."

„Erst war es deine Mutter und dieser mickrige Puertoricaner. Hätte auch ein Nigger sein können, schwarz wie er war. Und jetzt ist aus dir ein Freak geworden. Ich weiß nicht, womit ich das verdient habe."

Als ich hinausging, rannen mir Tränen über das Gesicht. Ich wünschte, sie hätte mich geschlagen. Es hätte weniger weh getan.

5

Mitte der folgenden Woche hatte ich die Kaution für eine kleine Wohnung über einer Garage in der Nähe der Universität hinterlegt – dank eines Schecks von Raúl. Die Gegend war nichts Besonderes, aber dafür war die Miete auch nicht hoch. Meine Vermieter – die Brauns – waren ein älteres Ehepaar. Die Katzen beunruhigten sie, sie bestanden auf einer Extrakaution für mögliche Schäden. Sie sagten, ich könne jederzeit einziehen. Ich hoffte, sie würden nicht zu neugierig sein. Die Wohnung war etwa so groß wie die von Grandma, und ich würde sie bestimmt genauso hübsch einrichten.

Ich verbrachte die Vormittage und Nächte mit Packen. Ich besaß nicht viel, es war bald geschafft. Wenn ich kam oder ging, sah ich, daß Großmutter mich durch das Hinterfenster beobachtete. Ich wußte, sie würde nie zurücknehmen, was sie gesagt hatte, selbst wenn sie es bereute.

***

Mittwochmorgen fuhr ich früh los, um mich mit Direktorin Hawkins zu treffen. Ich hatte meinen vielgetragenen Hosenanzug an. Wenn ich mich weiter als Detektivin betätigen wollte, mußte ich wohl in neue Klamotten investieren. Ich kam etwa zehn Minuten vor der Zeit bei der Schule an. Mrs. Jenkin, die Schulsekretärin, eine finster blickende Frau mit schlecht gefärbtem rotem Haar, beäugte mich hochmütig, als ich auf die Schranke aus dunklem Holz zuging, die das innerste Heiligtum der Schule vom Rest der Welt trennte.

„Ich möchte Dr. Hawkins sprechen", sagte ich.

„Haben Sie einen Termin?"

„Ja. Ich heiße Carla Sullivan."

Sie sah in ihrem Kalender nach und ließ sich dabei viel Zeit. Schließlich öffnete sie die Schwingtür, die die äußeren von den inneren Büros trennte. „Die Direktorin kommt gleich", sagte sie, als sie mich in Hawkins Büro begleitete.

Es war so deprimierend wie alle Direktionsbüros, die ich während meiner bewegten Schullaufbahn gesehen hatte. Ich erinnerte mich, daß ich erwachsen war und die Direktorin mich weder schlagen noch abträgliche Eintragungen in meine Akte machen konnte.

Ihr Schreibtisch war militärgrau, die Stühle einheitlich hellgrau. Auf den Regalen standen Bücher über Schulverwaltung und Kinderpsychologie. An den Wänden hingen verschiedene Diplome – ihre Doktorurkunde in Pädagogik stach besonders hervor –, auf dem Schreibtisch stand ein gerahmtes Foto eines selbstzufrieden blickenden, allmählich kahl werdenden Mannes – ihr Gatte, nahm ich an. Während ich wartete, tickte eine Uhr – wie sie nur in staatlichen Schulen, psychiatrischen Abteilungen und Gefängnissen zu finden sind – dumpf die Minuten. Ich wollte schon weglaufen oder laut schreien, als die gute Doktorin endlich erschien. Sie war eine kräftige Frau Mitte Vierzig, in einem dunkelblauen Schneiderkostüm, das dunkelbraune in akkurate Dauerwellen gelegte Haar wurde an den Schläfen grau. Ihre Augen waren blau und gebieterisch.

„Miss Sullivan, nehme ich an“, sagte sie.

Ich zuckte zusammen. An den Namen mußte ich mich erst gewöhnen. „Ja“, sagte ich und stand auf, um ihr die Hand zu schütteln.

„Bitte setzen Sie sich.“ Ich setzte mich wieder.

„Ich gestehe, daß ich Ihren Namen im *Herald* nie gelesen habe. Mein Mann und ich haben beide Lokalzeitungen abonniert. Wir möchten informiert sein.“

Die Bemerkung brachte mich aus der Fassung. „Ist Ihr Mann auch im Schulbereich tätig?“

„Himmel, nein. Ein Hungerleider in der Familie ist genug, würde ich sagen.“

„Richtig.“

„Mr. Hawkins ist im Ölgeschäft, das sehr viel lukrativer sein kann, aber auch sehr unbeständig, wie ich sagen muß.“

„Ich will Ihre Zeit nicht zu sehr in Anspruch nehmen, Dr. Hawkins. Ich weiß, daß Sie alle Hände voll zu tun haben.“

„Das kann man wohl sagen“, erwiderte sie.

„Ich möchte nur ein paar Fragen über Diane und Rebecca stellen.“

„Ein trauriges Thema, aber die Presse kann wohl nicht genug davon bekommen.“

„Gibt es Hinweise darauf, daß Rebecca ein Opfer von sexuellem Mißbrauch war?“

Die Direktorin sah mich nachdenklich an. „Es ist Ihnen sicher bekannt, Miss Sullivan, daß das Schulpersonal angewiesen ist, alle Fälle von Verdacht auf Kindesmißbrauch zu melden. Wir hatten keine Hinweise.“

„Gab es irgendwelche Verhaltensprobleme?“

Sie sah mich herablassend an. „Nicht daß ich mich erinnere. Wir haben selten Kinder an dieser Schule, die sich wie Engel benehmen. In der Zeit des Heranwachsens werden Grenzen ausgetestet. Das ist bei den meisten Kindern so.“

„Rebeccas Verhalten war also keineswegs auffällig?“

„Wie ich bereits gesagt habe."

„Gab es jemand an der Schule, der an Diane sexuell interessiert war. Einen verschmähten Verehrer vielleicht?"

„Nicht daß ich wüßte."

„Irgendeine Beziehung oder eine Spannung, die Ihnen verdächtig vorkam?"

„Nein, tut mir leid."

Ich hielt inne. „Ist Ihnen an Diane irgend etwas Unnormales aufgefallen?"

„Wie ich der Presse bereits mitgeteilt habe, war sie eine äußerst kompetente Lehrerin. Ich hatte keinen Grund, sie unnormalen Verhaltens zu verdächtigen."

„Was für ein Mensch war sie?"

„Wie bitte?"

„Welchen Eindruck hatten Sie von ihrer Persönlichkeit? War sie eine gute Mitbürgerin? Warmherzig? Freundlich? Verläßlich?"

„Wie ich bereits sagte, Miss Sullivan, Miss Barrett war eine kompetente, engagierte Lehrerin. Über ihr Privatleben weiß ich wenig." Hawkins Gesicht zeigte keine Bewegung.

„Sie haben aber doch viele Jahre zusammengearbeitet."

„Um das Privatleben meines Kollegiums kümmere ich mich nicht."

„Ich verstehe", sagte ich. „Haben Sie Diane für fähig gehalten, Rebecca Metcalf zu mißbrauchen und zu ermorden?"

„Das Gesetz ist nicht meine Sache, Miss Sullivan. Ich vertraue dem Rechtssystem."

Ich seufzte. Myra Hawkins war so glatt wie der Pressesprecher des Weißen Hauses. Selbst Folter hätte sie nicht zum Reden gebracht. „Danke, daß Sie mir Ihre Zeit gewidmet haben. Das ist alles, was ich wissen wollte."

Tief unzufrieden verließ ich ihr Büro.

***

Donnerstagmorgen machte ich mich für das Treffen mit Reverend Metcalf zurecht. Im immer gleichen alten Hosenanzug fuhr ich zehn Minuten vor halb zwölf an der achteckigen Kirche vor. Sein Arbeitszimmer sei im Westflügel, sagte mir seine Sekretärin.

Ich folgte den Wegweisern und fand das Gemeindesekretariat, das, ausgestattet mit dicken goldfarbenen Teppichen und Walnußholztäfelung, größer war als das Büro des Pastors in meiner alten Gemeinde. Die Sekretärin war ein fröhliche Frau Mitte Dreißig.

„Was kann ich für Sie tun?“ fragte sie.

„Ich habe einen Termin bei Reverend Metcalf.“

„Carla?“

„Ja.“

„Bitte nehmen Sie Platz. Er kommt sofort.“

Ich setzte mich auf ein riesiges Ledersofa und sah ihr bei der Arbeit an ihrem offenbar brandneuen Computer zu. Auch der Rest der Büroausstattung war vom Feinsten: eine blinkende Telefonanlage und zwei Fotokopierer mit Sortiervorrichtung. Die Gemeinde hatte offensichtlich Geld wie Heu.

Metcalf, groß und beeindruckend, kam aus seinem Arbeitszimmer. „Carla, kommen Sie herein“, sagte er mit weicher, einfühlender Stimme. Sein Büro war gigantisch, wie die Zentrale einer Weltfirma. Ein riesiger antiker Schreibtisch mit verschließbarem Aufsatz stand vor der Wand mit Blick aus einem Panoramafenster. Links und rechts davon zwei Bücherschränke voll mit religiösen Schriften. Ich saß auf einem ausladenden Ledersofa und Metcalf auf dem Ledersessel neben seinem Schreibtisch.

„Sie sind hier ja fabelhaft ausgestattet“, sagte ich.

„Jesus sagt, Johannes 10 Vers 10: Ich bin gekommen, damit sie das Leben haben und es in Fülle haben. Was Sie hier sehen, ist Fülle.“

Wäre ich in streitbarer Laune gewesen, hätte ich ihm

entgegengehalten: Eher geht ein Kamel durch ein Nadelöhr denn ein Reicher ins Himmelreich. Aber ich nickte nur.

„Was ist Ihr Begehren?“ sagte er ernst. „Legen Sie es zu Füßen des Kreuzes. Wir dienen einem mächtigen Gott. In der Bibel steht: Wir haben nicht, weil wir nicht darum bitten.“

„Reverend, ich bin Journalistin.“

„Ja“, sagte er. „Wen vertreten Sie?“

„Den *Herald*.“

„Aha. Und worum geht es?“

Ich war kurz davor, die Fassung zu verlieren. „Ich recherchiere den Tod Ihrer Tochter. Ich glaube, daß die Falsche für den Mord verantwortlich gemacht wurde.“

Für einen Augenblick schien er wütend und nervös. Doch dann faßte er sich. „Mein Herr Jesus Christus hat Rebecca heimgerufen. Das ist alles, was ich über ihr Sterben weiß.“

„Glauben Sie, daß Diane Barrett sie ermordet hat?“

„Ich lege das in die Hände des Herrn“, sagte er ruhig.

„Verstehe“, sagte ich. Ich fühlte mich dumm und einfältig.

„Ist das alles, was Sie wissen wollten?“

„Nein. Ich möchte noch etwas fragen – über Ihre Frau.“

„Ja?“

„Es wurde berichtet, daß LaDonna Metcalf sechs Monate vor ihrem Tod mit dem Auto von der Straße abkam. Waren dabei Drogen oder Alkohol im Spiel?“

Sein Gesicht verdüsterte sich wieder. Empörung oder Trauer? Schnell wurde er wieder ruhig. „Gegen meine Frau wurde nie eine Anklage erhoben“, sagte er mit gemessener Stimme.

„War sie depressiv oder selbstmordgefährdet?“

Er sah mich erstaunt an. „Welchen Nachrichtenwert könnte das für Ihre Leserschaft haben, Miss Sullivan?“

Das konnte ich ihm auch nicht sagen. „Und was war die Todesursache?“

„Sie war krank. Der Herr hat sie heimgeholt“, sagte er.

Sein Gesichtsausdruck war hart, aber seine Stimme blieb ruhig.

„Haben Sie rückblickend je den Verdacht gehabt, daß jemand Ihre Tochter mißbraucht haben könnte? Ein Nachbar vielleicht oder ein Babysitter?“

„Miss Sullivan, wenn ich gewußt hätte, daß meiner Tochter von irgend jemand Leid zugefügt wird, hätte ich alles in meiner Macht Stehende getan, um sie zu beschützen.“ Er sah bekümmert aus.

Ich hatte nicht den Nerv, ihn weiter zu bedrängen. „Danke, Reverend, für Ihr Entgegenkommen“, sagte ich.

Er stand auf und begleitete mich zur Tür. „Ich gehe davon aus, daß Sie Rachel mit solchen Fragen verschonen werden. Ihre geistige Gesundheit ist gefährdet“, sagte er mit teilnahmsvoller Stimme.

Ich nickte, gab ihm aber keine Anwort.

***

Sonntag war Umzugstag. Ich hatte einen Kleinlaster gemietet. Julia kam früh, um mir zu helfen. Wir waren fast mit dem Einladen fertig, als Grandma aus der Kirche zurückkam.

„Wer ist das?“ fragte sie.

„Grandma, das ist meine Freundin Julia Nichols. Julia, das ist meine Großmutter, Mrs. Edna Sullivan.“

„Wolltest du einfach verschwinden, ohne mir etwas zu sagen?“ fragte die alte Frau.

„Natürlich nicht“, sagte ich.

Sie warf Julia einen finsteren Blick zu. „Ziehst du zu ihr?“

„Nein, ich habe nicht weit von hier eine Wohnung gefunden. Ich habe dir einen Zettel auf die Anrichte gelegt mit der neuen Adresse. Meine Telefonnummer bleibt die gleiche.“

„Zahlt das dein Vater?“

„Er hilft mir dabei.“

Grandma öffnete ihre perlenbesetzte Handtasche und holte ihre Geldbörse heraus. „Hier, nimm das Geld. Paß gut auf dich auf.“ Sie überreichte mir zweihundertfünfzig Dollar und ging zum Haus.

Ich folgte ihr. „Ich kann das nicht annehmen.“

„Doch, das kannst du.“

„Das Geld gehört dir. Ich will auf eigenen Beinen stehen.“

„Behalt es. Und jetzt geh. Ich habe getan, was ich konnte.“

„Das weiß ich. Danke.“

Sie umarmte mich, und dann weinten wir beide.

„Hör zu, ich habe die Wohnung geputzt“, sagte ich und wischte die Tränen ab. „Fußboden, Fenster, Einbaumöbel, alles glänzt.“

„Wie heißen deine neuen Vermieter?“

„Mr. und Mrs. Braun.“

„Wie schreibt man diesen Namen?“

„B-R-A-U-N.“ Ich wußte, was jetzt kommen würde.

„Du weißt, daß Hitlers Freundin Braun hieß? Wahrscheinlich sind sie mit ihr verwandt. Diese verdammten Nazihunde. Ich habe nie verstanden, warum wir die Atombombe auf die Japse und nicht auf sie geworfen haben.“

Ich verkniff mir jede Bemerkung.

„Gut“, sagte sie, „laß deine Freundin nicht warten.“

„Noch mal vielen Dank für das Geld“, antwortete ich.

Als ich ging, rief sie mir nach: „Vergiß nicht, dir Gemüse aus dem Garten zu holen. Ich möchte nicht, daß das ganze Zeug verdirbt.“

***

Spät am Abend saßen Julia und ich verschwitzt, schmutzig und erschöpft inmitten der Umzugskartons, während die Katzen in der neuen Wohnung herumturnten. Wir hatten uns die ganze Woche bei der Arbeit gemieden, und heute waren wir zu sehr mit Kistenschleppen beschäftigt, um daran zu denken, was vor einer Woche angefangen hatte.

„Ich kann dir gar nicht genug danken für deine Hilfe. Soll ich dich heimfahren?“ fragte ich. „Es ist fast Mitternacht.“

„Nein“, sagte sie.

„Ich kann keine Kiste mehr auspacken. Wenn ich dich jetzt nicht fahre, falle ich um. Und zu Fuß ist es zu gefährlich für dich.“

„Und wenn ich einfach hierbleibe?“ fragte sie.

Mein Herz klopfte heftig. „Hier?“

„Wir sind beide erschöpft. Ich könnte auf der Stelle einschlafen.“

„Hier?“

„Wenn du nicht willst, daß ich bleibe, sag es“, meinte sie.

„Nein, Julia. Selbstverständlich, gern.“ Sie hatte „hier“ gesagt, aber vielleicht meinte sie nicht *hier*. Ich öffnete den Karton mit der Aufschrift Bettwäsche und Handtücher und fing an, das Sofa für die Nacht herzurichten.

„Das ist nicht nötig“, sagte Julia.

„Du kannst auch das Bett nehmen“, sagte ich.

„Ich habe gedacht, ich schlüpfe einfach mit dir unter die Decke, wenn es dir recht ist.“

Das kann nicht wahr sein. Es geht zu schnell. „Willst du das wirklich?“

„Carmen, ich habe die ganze Woche an dich gedacht. Ich will es.“

Julia ging ins Bad. Ich gab ihr ein neues Stück Seife, Zahnbürste und ein Handtuch.

Nach einer Weile kam sie heraus, nur in ein Handtuch gehüllt. Der Anblick von soviel Julia benahm mir den Atem. „Ich glaube, das wird dir passen“, sagte ich und reichte ihr mit abgewandten Augen ein frisches T-Shirt und eine kurze Hose. Ich ging schnell ins Bad.

Als ich aus der Dusche kam, war Julia eingeschlafen. Sie

sah schön aus und kindlich. Ich löschte das Licht und schlüpfte ins Bett; mein Puls raste. *Paß auf, daß du sie nicht berührst.*

„Carmen?“

„Ja.“

„Ich bin eingeschlafen.“

„Das habe ich gemerkt.“

„Möchtest du mich halten?“ fragte Julia.

„Ja“, antwortete ich, „aber ich habe Angst.“

„Ich auch.“

Ich glitt vom Rand des Bettes zur Mitte, schmiegte mich an ihren Rücken und legte meinen Arm um ihre Hüfte. „Gefällt es dir so?“ fragte ich.

„Das ist genau, was ich brauche. Danke“, sagte sie.

„Ich danke *dir*“, sagte ich.

Im nächsten Augenblick war ich eingeschlafen.

***

Am Morgen wachte ich auf und war überrascht, Julia schlafend in meinem Bett vorzufinden. Ich versuchte möglichst leise zu sein, stand auf und machte Kaffee. Als die Kaffeemaschine Geräusche von sich gab, setzte sich Julia im Bett auf.

„Hallo“, sagte ich.

Sie gähnte, reckte sich und fuhr sich durch die Haare.

„Guten Morgen. Ich mache Kaffee.“

„Das habe ich gehört.“

„Hast du es eilig, ins Wohnheim zurückzukommen?“

„Ich kann schon noch ein wenig bleiben.“

Wir tranken Kaffee und aßen getoastete Muffins.

„Die Erdbeermarmelade schmeckt gut“, sagte Julia.

„Grandma macht jedes Jahr einen riesigen Aufstand mit Marmelade kochen und Gemüse einlegen. Für die Erdbeeren fährt sie extra nach Stilwell“, erklärte ich. Plötzlich machte ich mir Sorgen um die alte Frau. „Ich hoffe, es geht ihr gut.“

„Carmen, du bist vierundzwanzig. Zeit, unabhängig zu werden."

„Ich weiß", sagte ich. „Aber sie hat in ihrem Leben viele Menschen verloren. Meinen Onkel Buster bei einem Jagdunfall, als er noch zur Schule ging. Grandpa an einem Herzinfarkt, dann meine Mutter. Deswegen klammert sie sich so an mich." Ich merkte, daß mir Tränen die Wangen herabliefen.

„Du wirst es schaffen", sagte Julia. „Und sie auch."

„Entschuldige", sagte ich. „Ich will dich nicht mit dieser Angst belasten."

„Schon gut. Du bist mir eben wichtig."

„Ich weiß nicht, wie ich das alles verstehen soll, Julia."

„Was alles?"

„Du und ich, daß wir soviel Zeit miteinander verbringen, im gleichen Bett schlafen."

„Mach dir nicht so viele Gedanken."

„Sag der Biene, sie soll nicht soviel summen." Ich sah sie an und sehnte mich danach, sie im Arm zu halten.

„Woran denkst du?" fragte sie.

„Willst du das wirklich wissen?"

„Nun, ist meine Frisur nicht in Ordnung?"

„Nein", sagte ich.

„Was dann?"

„Ich will dich."

„Weißt du was? Ich will dich auch."

Mein Herz raste wie bei einem Pferderennen. „Und was tun wir jetzt?" fragte ich.

„Du bist die Erfahrene."

Ich sah sie an und wußte, daß ich verliebt war. „Ich habe Angst. Vor einem Jahr habe ich eine sehr schwierige Trennung erlebt und bin noch nicht drüber weg. Ich muß mich schützen. Wenn du es nicht ernst meinst, sag es mir jetzt."

„Carmen, ich meine es ernst."

„Ich muß sicher sein, daß es nicht nur irgendein Experiment

für dich ist. Ich meine, ich muß wissen, daß du mich magst."

„Aber sicher."

„Ganz ehrlich?"

„Ja. Ehrlich."

Ich streckte meine Hand aus und führte Julia zum Sofa. Wir setzten uns nebeneinander.

„Du brauchst nichts zu tun, was du nicht möchtest", sagte ich. „Laß es mich einfach wissen, wenn dir etwas komisch vorkommt."

„Ja, das werde ich."

Ich küßte sie auf die Wange und rieb mein Gesicht sanft an ihrem. Sie war weich. So weich. Dann drehte Julia ihren Mund meinem zu und küßte mich. Plötzlich stand mein Körper in Flammen. Aber ich mußte auf sie warten, mußte sie das Tempo bestimmen lassen. Ihr Mund verweilte. Immer noch. Wir rückten näher zusammen und umschlangen uns. Bald tauchte ihre Zunge in meinen Mund. So küßten wir uns lange.

Ich küßte ihren Hals. Julia stöhnte leise. Mein Körper pulsierte vor Verlangen. Sie lehnte sich zurück, schob ihr T-Shirt hoch und führte meine Hände zu ihren Brüsten. Sie hielt mich fest, als ich auf ihr lag. Ich berührte sanft ihre weiches Fleisch und streifte leicht ihre zarten Nippel. Ich küßte sie zwischen die Brüste und dann ihre Brustwarzen.

Ich hielt inne. Sie zog mich an ihren Mund. Ich küßte sie zärtlich und langsam, und sie drängte sich an mich. Mein Mund erforschte ihren Körper, bis ich an den Rand ihres Slip kam. Ihr Atem wurde schwerer, meiner ebenfalls. Ich roch den Duft. Süß, wunderbar, überwältigend. Sie streifte ihren Slip ab und legte sich hin. Sehr vorsichtig strich ich über ihre blonden Haare. Sie keuchte. Wir hatten keine Eile.

„Wir können aufhören."

„Hör' nicht auf", sagte sie. Sie spreizte die Beine, und mein Finger tauchte zwischen ihre Lippen. Wieder keuchte sie. Sie war unglaublich naß. Ich streichelte sie sanft und küßte wieder ihren Bauch.

„Ich tu alles, was du willst“, sagte ich.

„Bitte. Bitte.“

Das war es, was ich hören wollte.

***

Als ich auf die Uhr sah, war es später Nachmittag, und wir lagen immer noch zusammen auf dem Sofa.

„Geht es dir gut?“ fragte ich.

„Und wie.“

„Julia, Liebste, ich will dich nicht erschrecken, aber ich habe mich in dich verliebt.“

Sie küßte mich leicht auf die Wange. „Ich bin nicht erschrocken. Ich liebe dich auch.“

„Heißt das, daß wir zusammen sind?“

„Ich denke schon“, sgte sie lachend. „Jetzt bist du dran, oder?“

„Willst du es wirklich?“

„Jetzt, nach all dem? Natürlich.“

„Liebste, ich will dich nicht drängen. Fühl dich bitte nicht verpflichtet.“

„Es ist nicht gerade Verpflichtung, was ich fühle, Carmen. Ich glaube, Lust wäre das passendere Wort.“

Ich lachte. „Du bist der Boß.“

Ich überließ mich Julia. Sie war ein Naturtalent.

***

Diese Woche verbrachten Julia und ich viel Zeit miteinander. Wir richteten gemeinsam die Wohnung ein. Wiley hatte Julia sofort als Familienmitglied akzeptiert. Holly war eher distanziert, aber bald folgte er ihr auf den Fersen, rieb sich an ihren

Beinen und legte sich schamlos auf ihren Schoß, sobald sie sich setzte.

Mehrmals am Tag rief ich Grandma an, um sie daran zu erinnern, daß ich in der Nähe war, falls sie mich brauchte. Schließlich meinte sie, ich solle aufhören, sie zu nerven, und ihr den Rasen mähen, wenn ich mir schon solche Sorgen machte. Das tat ich dann am nächsten Vormittag.

Die Barrettgeschichte ging mir nicht aus dem Kopf. Julia rief schließlich ihre Cousine Louanne an, um ein Treffen zwischen mir und Rachel Metcalf zu arrangieren. Ich nahm ein Bad, während sie mit Louanne am Telefon schwatzte. Meine neue Wohnung besaß eine Badewanne mit eisernen Löwenfüßen, die groß genug war, daß ich darin liegen konnte. Schließlich erschien Julia in der Tür. „Sie sagt, sie kann uns am Besuchswochenende einschmuggeln."

„War es schwierig, sie zu überreden?"

„Ich mußte damit drohen, Tante Mavis zu erzählen, daß ich gesehen habe, wie sie mit neun eine Zigarette rauchte."

„Wird sie dir je verzeihen?"

„Das bezweifle ich, Carmen. Sie kann sich nicht einmal die Zigarette vergeben. Sie ist Pfingstlerin."

„Wie kommen wir an Rachel heran?"

„Louanne meint, das sei unser Problem", sagte Julia. „Ferner sagte sie, daß wir uns an die Campusregeln zu halten hätten. Röcke für Frauen in der Kirche und in den Klassenräumen obligatorisch. Beim leisesten Anzeichen, daß wir Ärger machen wollen, würden wir hinausgeworfen, sagt sie."

„Ich habe seit Jahren keinen Rock mehr getragen. Ich werde mir die Beine rasieren müssen. Und mit dir turteln kommt sicher auch nicht in Frage."

„Ich glaube, der Apostel Paulus hätte zum Turteln etwas zu sagen. Detektivarbeit hat ihren Preis", sagte sie.

„Das stimmt wohl", antwortete ich. „Wir müssen uns eine Geschichte ausdenken. Was könnte eine vierundzwanzigjährige Frau bewegen, sich für ein Studium an der Lovell Taft-Universität zu interessieren?“

„Eine plötzliche Bekehrung?“

„Ich möchte nicht wegen Blasphemie tot umfallen. Ich werde einfach sagen, daß ich bisher als Schreibkraft gearbeitet habe und unbedingt auf die Universität möchte, um meine Chancen auf dem Arbeitsmarkt zu erhöhen. Lovell lehrt das Evangelium des Reichtums. Das paßt doch prima. Und was erzählst du?“

„Ich denke, ich werde es mir leicht machen. Ich werde sagen, daß ich vorhabe, an die LTU zu wechseln, weil ich es in der sündigen weltlichen Atmosphäre nicht mehr aushalte.“

„Das ist gut. Übertreib den sündigen weltlichen Teil aber nicht.“

„Du bist die mit dem falschen Namen und dem zurechtgebastelten Lebenslauf, Carmen.“

„Ich muß meinen Job schützen. Wenn jemand die Sache aufdeckt, fliege ich.“

„Mir scheint, du hast einfach Spaß an der Intrige.“

Ich warf eine Handvoll Schaum nach ihr.

„Das wollen wir doch mal sehen“, sagte sie, ging zum Waschbecken, füllte ein Glas mit kaltem Wasser und goß es mir über den Kopf.

„Unfair“, rief ich, aber sie rannte hinaus, bevor ich es ihr heimzahlen konnte.

6

Obwohl ich bei Sargent immer noch in Ungnade war, gestattete er mir, Freitag und Samstag freizunehmen und die Tage später nachzuarbeiten.

Freitagnachmittag ging ich mit Julia zu einem Second-Hand-Laden und kaufte ein paar Baumwollröcke. Zurück in der neuen Wohnung, packten wir.

Julia lieh mir einige Blusen. Ich steckte Haarspray und meine selten benutzen Schminksachen ein. Dann dachte ich das Undenkbare.

Ich ging mit Rasierschaum und Einmalrasierer ins Bad. „Ich wollte, ich wäre in Europa. Dann müßte ich das nicht machen. Ich hatte mal einen Professor, der behauptete, daß in Frankreich nur Prostituierte sich die Beine rasieren."

Ich setzte mich auf den Rand der Badewanne und schäumte meine Waden ein. „Wie ich mich auch anstrenge, ich werde immer wie eine lesbische Lastwagenfahrerin auf dem Debütantinnenball aussehen."

Julia stand in der Tür und lachte. „Jetzt kann ich dich mit nach Hause nehmen und meiner Mutter vorstellen, Schatz."

***

Es war herrliches Ausflugswetter, auch wenn unser Ziel LTU hieß. Der Himmel war tiefblau, ein paar weiße Haufenwolken trieben in der Ferne, die Luft war angenehm warm und überhaupt nicht drückend. Wir fuhren auf der Schnellstraße nach Westen. Der Arkansas war heute rötlich gefärbt und floß träge dahin, aber der Ölgeruch von den Raffinerien war nicht so schlimm; der Wind kam aus der anderen Richtung. Je südlicher wir kamen, desto größer wurden die Vorgärten, und desto weiter von der Straße lagen die Häuser. Bald sahen wir das Universitätsgelände, die riesigen betenden Hände glänzten oben auf dem Gebetszentrum.

Der Campus war verblüffend modern – glänzend goldenes Glas und Stahl und weit und breit kein Efeublatt. Respektlose Anwohner hatten dem Wahrzeichen im Süden der Stadt wenig schmeichelhafte Namen gegeben: Jesuszirkus, Tafts Kesselflickerdorf, Lovells Spleen.

„Du hast Louanne doch nichts von uns gesagt?" fragte ich, als wir auf die Maranatha Hall zugingen, wo Louanne wohnte. Ich trug eine elegante Hose, flache Schuhe und ein Baumwollhemd. Meine Beine brannten immer noch von der Tortur.

„Aber natürlich", erwiderte Julia. „Ich will wirklich das ganze Wochenende Dämonen ausgetrieben bekommen."

Eine lebhafte Blondine im roten LTU-Jogginganzug begrüßte uns an der Tür. Als sie Julia sah, schrie sie: „Fröschchen!"

„Kröte!" erwiderte Julia. Die beiden umarmten sich und kicherten. Ich stand daneben und hielt mich am Koffer fest.

Als das Gequietsche endlich verebbte, drehte sich Julia zu mir: „Carmen, das ist meine Cousine Louanne. Louanne, das ist meine beste Freundin Carmen."

„Angenehm", sagte ich und bot ihr die Hand, die sie zögernd ergriff. Sie mochte mich nicht.

„Gleichfalls", sagte Louanne.

„Ich bin Journalistin, wie Sie wissen, deswegen möchte ich Sie bitten, mich Carla zu nennen. Es ist wichtig, daß meine Identität geheim bleibt."

„Ich hoffe nur, daß Sie nicht vorhaben, diese Gemeinschaft zu zerstören. Gott hat Bruder Lovell und diese Gemeinschaft auserwählt, dieser Generation das Heil zu bringen."

„Glauben Sie mir, ich würde es nie auf einen Kampf mit

Gott ankommen lassen“, sagte ich lachend. „Der Allmächtige und ich sind enge persönliche Freunde.“

Louanne sah mich verständnislos an. „Ich hoffe, Sie meinen es ernst damit“, sagte sie. „Im Brief an die Galater, Kapitel sechs, Absatz sieben, steht: Täuschet euch nicht: Gott läßt seiner nicht spotten. Was der Mensch sät, wird er ernten.“

Julia unterbrach: „Wollen wir nicht reingehen?“

„Gut“, sagte Louanne und führte uns in ihr Zimmer.

Als Tutorin hatte sie ein verhältnismäßig großes Zimmer. Louanne hatte zwei Feldbetten für uns aufgeschlagen. Ich sah mich um. Wo immer ich hinschaute, stach mir ein Bibelvers ins Auge oder ein Bild von Jesus, wie er einen Krüppel heilt, ein Schaf im Arm hält oder über das Wasser geht. Louannes Stimme schreckte mich aus meiner Betrachtung auf. „Füllt sie aus und tragt sie bei allen Treffen.“ Sie gab uns Namensschilder. „Nun, ich lasse euch beide allein, damit ihr euch einrichten könnt. Ich muß wieder hinunter und beim Empfang helfen.“

„Geh nur“, sagte Julia.

Louanne blieb in der Tür stehen. „Ihr wißt beide, daß dies eine christliche Universität ist. Ich verlasse mich darauf, daß ihr die Regeln beherzigt.“ Sie drehte sich um und ging.

„Ich weiß nicht, wie lange ich das aushalte“, sagte ich.

Julia setzte sich aufs Bett. „Es war deine Idee, Carmen. Sicher wirst du es ein paar Stunden aushalten.“

Ich zuckte mit den Schultern. „Und was sollte das mit dem Frosch?“

„Als wir klein waren, setzten Tante Mavis oder Mom uns in ein kleines Planschbecken, und da hockten wir stundenlang, spritzten herum, lachten und amüsierten uns. Seither haben wir diese Spitznamen. Wir liebten das Wasser.“

„Verstehe“, sagte ich. „Ach, übrigens, was ist Louannes Hauptfach?“

„Pastoraldienst, mit Schwerpunkt Neues Testament.“

„Der Herr sei uns gnädig.“ Mehr fiel mir nicht ein.

***

Abends versammelten sich die Frauen des zweiten Stockwerks der Maranatha Hall und ihre Besucherinnen – insgesamt etwa dreißig – in einem Gemeinschaftsraum zu einem sogenannten Gruppentreffen. Jede hatte eine Bibel dabei. Als Julia und ich dazukamen, waren schon fast alle Plätze belegt, deswegen setzten wir uns in die Nähe der Tür. Ich trug einen buntbedruckten indischen Baumwollrock, mexikanische Sandalen und eine blaue Baumwollbluse. Ich sah weniger wie eine Pfingstlerin, mehr wie Erdmutter im Hippystil aus, aber ich hatte keine Zeit gehabt, aus dem Katalog von Phillys Schlafly, „Gut angezogen zur Unterwerfung", etwas zu bestellen. Ich entdeckte Rachel Metcalf auf der anderen Seite des Raums. Sie war klein, etwa einsachtundfünfzig, mit blassem Teint und zarten Gesichtszügen, rauchgrauen Augen und kastanienbraunem Haar.

Louanne, Tutorin dieses Stockwerks und Laienpredigerin, leitete das Treffen.

„Hi, ich bin Louanne."

„Hi, Louanne", echoten alle.

„Heute abend, liebe Schwestern im Herrn, möchte ich euch einen Vers aus der Heiligen Schrift vorlesen. Ich möchte, daß jede sagt, was dieser Vers in ihrem Leben bedeutet."

„Amen", sagten die versammelten Schwestern.

Toll. Wieder saß ich in der Falle, und diesmal war es schlimmer als im Tabernacle of Hope. Aus dieser Andacht konnte ich mir den Weg nicht freihusten.

„Unser Text, liebe Schwestern, wird Lukas 18, Vers 16 sein. Doch beginnen wir mit einem Gebet."

Alle senkten gehorsam die Köpfe. Alle faßten sich an den Händen. Ich neigte den Kopf, hielt aber die Augen offen. Ich konnte Rachel nicht sehen, die mir gerade noch direkt gegenüber gesessen hatte.

„Vater im Himmel“, sagte Louanne ernst. „Du hast uns versprochen, wenn zwei oder drei in Deinem Namen versammelt sind, bist Du mitten unter ihnen. Wir sind heute in Deinem Namen versammelt, und wir wissen, daß Du hier bei uns bist.“

Mehrere Amen stiegen auf. Einige Frauen fingen an, sich hin und her zu wiegen. Es war kühl im Raum, aber ich schwitzte wie in einer Sauna. Julia hielt meine Hand umklammert, wie in Todesängsten.

„Vater, Du gabst uns Dein Wort als Zeichen Deiner Gegenwart unter uns.“

Eine Frau neben mir murmelte: „Ja, Herr.“

„Vater, wir bitten Dich, wenn wir Dein Wort aufschlagen, das Brot unseres Lebens, daß Du uns mit Deiner kostbaren Weisheit erfüllen und unsere Herzen Deiner Gnade und Liebe öffnen mögest.“

Mir gegenüber seufzte eine: „Süßer Jesus.“

„Darum bitten wir Dich im Namen Jesu Christi, Deines eingeborenen Sohns, von dem alles Heil kommt. Amen.“

Der Raum brach in einen Chor von Amen und Dank sei dem Herrn aus.

Als wir wieder den Kopf hoben, sagte Louanne strahlend: „Ist das Leben im Herrn nicht süß?“

Ihre Schäfchen nickten zustimmend. Was war mit diesen Frauen los? Warum rannten wir nicht einfach alle weg?

„Unser Text steht bei Lukas 18, Vers 16“, sagte sie. Eifrig blätternd suchten die Frauen die Stelle.

Louanne wandte sich an mich. „Carla, möchtest du dich vorstellen und die Schriftstelle vorlesen?“

„Ich?“ Panik ergriff mich. Sie haßte mich wirklich.

„Ja, bitte.“

Ich umklammerte mein Namensschild. „Hi. Ich heiße Carla.“

„Hi, Carla“, erwiderten die Frauen.

Ich räusperte mich. „Lukas 18, Vers 16: Lasset die Kinder zu mir kommen und wehret ihnen nicht; denn ihrer ist das Reich Gottes."

„Danke, Schwester", sagte Louanne. „Sprechen wir nun darüber."

Ich war erleichtert, daß Louanne mich meiner Redepflicht enthob. Sie erzählte von unzähligen Gelegenheiten in ihrem Leben, als sie mit der Schlichtheit eines Kindes zum Herrn gekommen war und mit großen und kleinen Wundern belohnt wurde. Während Louannes Erzählung sah ich hin und wieder verstohlen zu Rachel, die einen eigenartig leeren Gesichtsausdruck hatte.

Verschiedene Studentinnen ließen sich über die Bedeutung des Bibelverses in ihrem Leben aus. Eine aufgedrehte Rothaarige namens Rhonda sprach davon, wie sie, nach einem Leben voll Sünde und Verirrungen, mit elf Jahren Jesus ihr Herz geschenkt hatte. An dieser Stelle hätte ich am liebsten laut gekreischt, aber ich erinnerte mich rechtzeitig daran, daß ich umzingelt und in der Minderheit war.

Im Verlauf der Zusammenkunft wurde klar, daß alle Bewohnerinnen des Stockwerks etwas sagen sollten. Schließlich kam Rachel an die Reihe.

„Rachel, möchtest du etwas sagen?" fragte Louanne.

Rachels Gesicht wurde hochrot. „Was soll ich sagen?"

„Was immer du auf dem Herzen hast, was du unseren Gästen mitteilen möchtest", erwiderte Louanne.

Auf Rachels Gesicht malte sich Wut. „Darüber kann ich nicht sprechen", sagte sie. „Ich wollte, ich wüßte, warum Kinder leiden müssen, wenn Jesus sie so liebt." Sie fing an zu weinen.

Louanne stand auf. „Rachel, der Herr hat all das in dein Herz gelegt, um dich zu läutern und zu ihm zu führen. Deine Schwestern im Herrn werden dich mit ihren Gebeten begleiten. Wir lieben dich. Gebetskämpferinnen, bitte erhebt euch."

Ich sah mich nach Frauen in Rüstung um. Vier ganz normal aussehende Frauen standen auf.

„Bitte umgebt eure Schwester mit der Liebe Christi“, befahl Louanne.

Die Frauen nahmen Rachel in die Mitte und umarmten sie. Sie verschwand unter ihnen. Was zum Teufel stellten sie mit ihr an? Julia sah mich an, ebenfalls verwirrt. Einige der jungen Besucherinnen machten einen verdutzten Eindruck. Die Heimbewohnerinnen aber behielten die Ruhe. Vielleicht war das Theater üblich, wenn Louanne die Show leitete.

„Lasset uns beten“, befahl Louanne.

Alle, außer Julia und mir, neigten den Kopf zum Gebet. Mit lauter Kommandostimme sagte Louanne: „Herr, Du hast gesagt, wenn zwei oder drei in Deinem Namen versammelt sind, wird der Vater im Himmel ihre Bitten erhören. Herr, wir sind heute in Eintracht beisammen.“

„Ja, ja“, sagte der Kriegerinnenhaufen.

„Herr Jesus, wir bitten, der Geist des Friedens möge über unsere Schwester Rachel kommen. Wir wollen den Frieden, der alles Begreifen übersteigt.“

„Amen“, erwiderte der Haufen.

Um mich herum hörte ich wirren Singsang. Sie beteten wieder in Zungen. Mein Herz raste in Panik, aber ich konnte nicht weg. Ich mußte sehen, was mit Rachel geschah.

„Der Prophet Jesaja sagt: Unsere Missetaten haben Dich verwundet. Unsere Sünden haben Dich verletzt. Du hast unsere Sorgen auf Dich genommen. Und dein Geißeln hat uns geheilt.“

„O ja, o ja“, antwortete der Haufen.

„Jesus, bei der Macht Deiner Geißelung bitten wir Dich: Nimm die Last der Sorgen von unserer Schwester Rachel. Befreie sie, Herr Jesus. Befreie sie jetzt“, sagte Louanne mit mächtig dröhnender Stimme, die mich zutiefst erschreckte.

„Befreie sie, befreie sie“, antwortete der Haufen.

„Wir befehlen den Geistern der Zweifel und Verzweiflung: Hebet euch hinweg, im Namen des allmächtigen Jesus."

„Hebet euch hinweg, hebet euch hinweg", kam die Antwort.

Das war tatsächlich eine Art Exorzismus. „Ihr bösen Geister, laßt diese Dienerin Christi los, im Namen des allmächtigen Jesus", befahl Louanne. Ihr Gesicht glühte wild. „Satan, wir bannen dich mit dem Blute Christi."

Dann sagte Louanne, jetzt mit leiser Stimme: „Richtet sie auf, Kriegerinnen."

Der Haufen löste sich auf, und die Frauen gingen wieder an ihre Plätze.

Gottseidank. Vielleicht ließen sie sie jetzt in Ruhe.

„Rachel, erhebe dich, danke Gott und verkünde dein Wunder im Namen Jesu", ordnete Louanne an.

Rachel bliebt wie gelähmt sitzen.

„Sprich dein Gebet", sagte Louanne.

Rachel sagte nichts. Ihr Blick ging ins Leere.

Genug war genug. „Mit ihr stimmt etwas nicht", flüsterte ich. „Wir müssen etwas tun."

Julia nickte. Ich überwand meine Panik, stand auf und tippte Louanne auf die Schulter. „Ich muß draußen mit dir sprechen", flüsterte ich.

„Störe nicht den Geist Gottes", erwiderte Louanne.

Ich blickte um mich. Ich fürchtete, die Gebetskriegerinnen würden mich anspringen. Aber es gab keine Anzeichen von Aktion, weder von ihnen noch von all den anderen. „Komm mit uns, Louanne", sagte Julia sanft.

Sie folgte uns widerstrebend auf den Flur.

„Ich glaube, Rachel sollte ins Krankenhaus", sagte ich. „Ich bin keine Psychiaterin, aber mit ihr stimmt etwas nicht. Sie ist katatonisch oder psychotisch oder so."

„Gott kann alles heilen", sagte Louanne mit geröteten Wangen, die Augen hart und bestimmt. „Der in mir ist, ist größer, als der in der Welt ist."

Sie ging mir mit ihrem Schnellfeuer-Mundwerk wirklich auf die Nerven. Vielleicht hätte ich ihr mit der ehrwürdigen ledergebundenen Luxusausgabe der Scotfield-Bibel eins über den Schädel hauen sollen. „Wir müssen Hilfe holen“, sagte ich. „Gott wirkt auch durch die Ärzte.“

„Sie war jahrelang bei Ärzten und in Krankenhäusern“, sagte Louanne. „Sie konnten ihr nicht helfen. Wir versuchen, sie mit Gebeten durchzubringen.“

„Ich weiß, daß ihr ihr helfen möchtet“, sagte ich, „aber ich glaube, mehr hält sie jetzt nicht aus. Sie muß Zeit haben, sich zu erholen.“

Louanne wurde ärgerlich. Sie versuchte sich zu beherrschen. „Was weißt du schon über die Bibel oder über Heilung. Ich wette, du hast nie eine Kirche von innen gesehen.“

Sie wußte, daß ich lesbisch bin. Sie verabscheute mich. Julia hin oder her, ich war nicht verpflichtet, mich von dieser fanatischen, demagogischen Spinnerin anmachen zu lassen. „Hör zu, es ist mir völlig –“

„Wir möchten sie in ihr Zimmer bringen“, warf Julia ein. „Gott ist überall. Ihr könnt auch ohne sie weiterbeten.“

„Sie muß das Wunder verkünden“, sagte Louanne.

„Lazarus war tot, als er geheilt wurde. Wie konnte er das Wunder an ihm verkünden?“ bemerkte Julia.

Gutes biblisches Argument, Kleine, dachte ich schadenfroh. Dafür liebe ich dich.

Louanne nickte, sagte aber nichts.

Wir gingen in den Raum zurück.

„Schwestern“, sagte Louanne, „wir beten nun weiter für Rachel. Carla und Julia werden sie in ihr Zimmer bringen.“

Julia und ich nahmen Rachel in die Mitte und legten unsere Arme um sie.

„Komm mit“, sagte ich. „Wir gehen ein wenig spazieren.“

Sie blickte mir in die Augen und nickte fast unmerklich. Julia und ich begleiteten sie aus dem Zimmer.

„Volltreffer, das mit Lazarus“, sagte ich zu Julia.

„Ich habe mich jahrelang mit ihr über die Heilige Schrift gestritten“, erklärte Julia.

„Welche Zimmernummer?“ fragte ich Rachel.

„Zweihundertsiebzehn“, erwiderte sie schwach. Wir mußten sie praktisch in ihr Zimmer tragen. Die Tür war nicht abgesperrt. Wir führten sie hinein und zu ihrem Bett. Sie setzte sich auf den Rand und fing an, hin und her zu schaukeln.

„Rachel, warum ziehst du dich nicht aus?“ fragte Julia, und ich fügte hinzu: „Ich suche einen Pyjama.“

Wir wühlten in ihrer Kommode, und als ich mich umdrehte, sah ich, daß Rachel einen Schal um den Hals gebunden hatte und versuchte, sich zu erwürgen. Ich sprang hinzu und riß ihn weg.

„Rachel“, sagte ich, „möchtest du in ein Krankenhaus?“

„Nein, bitte nicht“, murmelte sie, „kein Krankenhaus mehr.“

„Möchtest du ins Bett gehen?“ fragte ich.

„Ich kann hier nicht bleiben.“ Ihre dringende Bitte war herzerweichend.

Ich sah Julia an. „Wir müssen sie hier rauskriegen.“

„Carmen, das geht nicht.“

„Warum nennst du mich Carmen?“ sagte ich und starrte sie entgeistert an.

„Wohin könnten wir sie bringen?“

„Du siehst doch, was hier vorgeht. Wir müssen versuchen, sie davor zu schützen. Sonst knallt sie durch unter diesem Druck.“

„Und Louanne?“ sagte Julia.

Dieses Luder aus dem neunten Höllenkreis des Danteschen Infernos konnte mir gestohlen bleiben. „Louanne kann mich am Arsch lecken.“

„Ich bin mit ihr verwandt. Ich kann sie nicht betrügen.“

„Möchtest du, daß wir dich hier wegbringen?“ fragte ich Rachel.

„Ja, bitte“, sagte Rachel.

„Also?“ drängte ich Julia.

„Verdammt“, antwortete sie. „Gehen wir.“

„Pack deine Sachen“, sagte ich zu Rachel. „Eine Tasche, Geld, Kreditkarten. Heute nacht kannst du bei mir bleiben, aber dann muß uns etwas anderes einfallen.“

Rachel wurde lebendig und sammelte ihre Besitztümer ein. Ein paar Minuten später waren wir bereit.

„Hast du ein Auto?“ fragte ich.

„Daddy erlaubt es nicht“, sagte Rachel.

„Meines steht vor der Tür. Du mußt uns zeigen, wie wir am sichersten rauskommen.“

Als Julia und ich ihre Taschen aufnahmen, erstarrte Rachel wieder. „Rachel“, sagte ich, „mach jetzt nicht schlapp. Reiß dich zusammen.“

„Einen Augenblick“, sagte Julia. „Rachel, schreib eine kurze Notiz, daß du für eine Weile weg mußt, für den Fall, daß sich jemand Sorgen macht.“

„Gute Idee“, sagte ich.

„Okay“, murmelte Rachel. „Ich will mit euch gehen.“ Sie kritzelte schnell eine Nachricht.

Zu dritt eilten wir zum Ausgang.

Eine Studentin am Empfangstresen sah von ihrer Zeitschrift auf. „Tut mir leid, meine Damen, aber wir haben Ausgangssperre. Sie können das Gebäude erst morgen früh um sechs wieder verlassen.“

„Wir sind Besucherinnen“, sagte ich.

Sie erhob sich. „Ihr beide ruiniert eure Aufnahmechancen für diese Universität.“

Wo war mein Flammenwerfer, wenn ich ihn brauchte? Wir gingen weiter.

„Rachel, dein Vater ist zwar Kuratoriumsmitglied, aber ich muß trotzdem Bericht erstatten“, sagte sie. „Wenn du jetzt zurückgehst, bleibt es zwischen dir und mir.“

Rachel erstarrte.

„Rachel, komm mit uns, wenn du möchtest. Wir gehen jetzt." Ich schnappte mir einen Stift vom Tresen. „Gib mir deine Hand."

Sie streckte ihre Hand aus, und ich schrieb ihr meine private Telefonnummer auf die Innenfläche.

„Ruf mich an, wenn du mich brauchst", sagte ich. Julia und ich gingen hinaus. Der Platz um die Maranatha Hall war hell erleuchtet, aber bald tauchten wir in die Dunkelheit ein.

„Julia, es tut mir leid. Ich möchte dich nicht in Schwierigkeiten bringen. Soll ich mit Louanne sprechen? Ich bade alles aus", sagte ich.

Julia gab keine Antwort. Wir gingen schnell zum Besucherparkplatz. Etwa auf halbem Weg hörte ich jemanden hinter uns. Mein Herz schlug heftig, ich wirbelte herum. Es war Rachel, die uns nachrannte.

***

Rachel und Julia schwiegen, als wir vom Campus wegfuhren.

„Wirst du je wieder mit mir sprechen?" fragte ich Julia.

„Ich möchte jetzt nicht diskutieren, Carmen." Sie nannte mich wieder Carmen. Ich hoffte, daß Rachel geistesabwesend war und nichts bemerkte.

„Na gut." Ich hatte große Lust, aufs Lenkrad einzuschlagen, aber ich hielt mich zurück, wegen Rachel.

Wir sprachen erst wieder, als wir uns dem Stadtzentrum näherten. Julia sagte: „Willst du mich zu Hause absetzen?"

„Möchtest du nicht bei mir bleiben?" *Julia, bitte weise mich nicht ab. Ich kann mit Zurückweisung schlecht umgehen.*

„Ich glaube nicht."

Keine Panik. Nicht betteln. Laß sie eine Nacht allein verbringen. „Gut. Wie du willst."

Als ich vor der Mabel Smith Hall anhielt, berührte ich

Julias Arm. „Darf ich dich morgen anrufen?“ *Bitte, laß mich dich anrufen.*

„Ich weiß nicht“, sagte sie.

Mist, das tat weh. Warum mußte es so sein? Ich rang um Fassung. „Okay. Bis später“, sagte ich mit brüchiger Stimme. „Gute Nacht.“ Ich sah ihr nach, wie sie ins Haus ging.

Warum mußte ich mich verlieben? Warum hatte ich meine Lektion mit Jane nicht gelernt? Ich sah Rachel im Rückspiegel. Gut, daß sie schlief, ich konnte meine Tränen nicht zurückhalten.

7

Als ich am nächsten Morgen aufwachte, nach ein paar Stunden unruhigen Schlafs, lag Rachel noch immer wie betäubt auf der Couch. Ich räumte bereits mein Frühstücksgeschirr ab, als sie endlich aufwachte.

„Guten Morgen“, sagte ich. „Wie geht es dir?“

In dem zu großen rot-weiß-gestreiften Schlafanzug, den ich ihr gegeben hatte, sah sie klein und zerbrechlich aus. „Ich habe seit Wochen zum erstenmal wieder gut geschlafen.“

„Das höre ich gern“, sagte ich. „Bedien dich. Ich habe Muffins, hausgemachte Erdbeermarmelade, dank meiner Großmutter, und Orangensaft. Der Kaffee ist in einer Tüte im Kühlschrank. Die Kaffeemühle steht auf der Anrichte.“ Ich hielt es für besser, sie als verantwortlichen Gast zu behandeln und nicht wie einen Fall für die Psychiatrie.

„Hast du auch Tee?“

„Im Schränkchen über dem Herd.“

Rachel setzte Wasser auf, und ich wusch das Geschirr ab.

„Rachel, ich muß dir etwas gestehen."

„Ja?"

„Ich hatte nie vor, mich an der LTU einzuschreiben. Ich habe vor ein paar Jahren an der FCU meinen Abschluß gemacht. Ich wollte dich kennenlernen."

„Mich? Warum?" Sie zuckte zurück.

„Ich bin Journalistin. In Wirklichkeit heiße ich Carmen Ramirez. Ich muß meine Identität geheimhalten, weil ich meinen Job nicht verlieren möchte. Sag es also bitte nicht weiter. Ich stelle Nachforschungen über die Ermordung deiner Schwester an. Ich glaube nicht, daß Diane Barrett es war, und ich dachte, vielleicht kannst du mir weiterhelfen."

Mit jedem Wort wurde Rachels Gesicht verstörter. Sie fing an, nervös vom einem Fuß auf den anderen zu treten. Es wäre ein Leichtes, sie zum Reden zu bringen, wenn ich ihr das Gefühl geben konnte, sie müßte mir dankbar sein, weil ich sie gerettet hatte. „Beruhige dich. Niemand zwingt dich, mit mir zu reden. Ich habe dich nicht hierhergebracht, um dich auszuquetschen, sondern weil du in Gefahr warst."

Sie sah mich nervös an.

„Wie stehst du mit Mrs. Moffett?"

„Woher kennst du meine Großmutter?"

„Ich habe mit ihr gesprochen. Vielleicht solltest du bei ihr wohnen, bis du weißt, wie es weitergeht. Könntest du sonst irgendwo hingehen, bis du wieder klar siehst? Hast du Freunde hier?"

„Ich habe nur meine Grandma."

„Würdest du dich bei ihr sicher fühlen?"

„Ich glaube schon", sagte Rachel.

„Dann fahre ich dich heute noch zu ihr. Ich glaube, du mußt auch in ärztliche Behandlung."

„Ich hatte genug Behandlung, ich kann nicht mehr."

„Das ist natürlich deine Sache, aber ich werde versuchen herauszufinden, welche Alternativprogramme es für seelische

Gesundheit gibt, falls du es dir anders überlegst. Möchtest du deine Großmutter anrufen und ihr sagen, daß du kommst?"

Sie nickte.

***

Den ganzen Weg nach Arrowhead schwieg Rachel. Ich drang nicht in sie. Als ich bei ihrer Großmutter vorfuhr, stand Mrs. Moffett vor der Tür. Ich merkte, daß sie schockiert war, mich wiederzusehen.

„Deine Großmutter wird gleich ein Riesendonnerwetter machen, deswegen habe ich es eilig", sagte ich zu Rachel. „Ich muß dir ein paar Dinge sagen. Ruf mich an, wenn du bereit bist, über deine Schwester zu sprechen. Wenn du etwas brauchst, laß es mich wissen. Und mach Ferien von den Baptisten. Wenn du in einen Gottesdienst gehen möchtest, versuch es mit den Methodisten oder den Episkopalen. Ich glaube, eine ruhigere Kirche täte dir im Moment gut."

Rachel nickte. „Danke."

Ich gab ihr meine Telefonnummer.

Mrs. Moffett stürmte aus dem Haus. Sie trug den gleichen Morgenrock und das gleiche Tuch über den Lockenwicklern, hatte aber außerdem einen Baseballschläger in der Hand.

„Verschwinden Sie", kreischte sie. „Ich habe bereits die Polizei verständigt."

„Mrs. Moffett", sagte ich, „beruhigen Sie sich."

„Weg hier" schrie sie noch heftiger.

„Gut", sagte ich. „Aber zuerst müssen wir das Auto entladen." Sie stand keuchend daneben und starrte uns an, während Rachel und ich die Taschen aus dem Auto holten.

„Ihrer Enkelin geht es ziemlich schlecht", erklärte ich. „Wenn Sie ihr einen Gefallen tun wollen, dann hören Sie auf mit dem Theater und bringen sie zu einem guten Arzt."

„Sie müssen mir nicht sagen, was ich zu tun habe", bellte

Mrs. Moffett. „Sie wollen doch nichts als Klatsch verkaufen."

„Ein netter Empfang", sagte ich und schloß die Gartentür. „Denk an das, was ich dir gesagt habe, Rachel." Ich stieg ins Auto.

„Weg hier", schrie Mrs. Moffett wieder.

„Sie müssen sich nicht bedanken", sagte ich und fuhr los.

Als ich Arrowhead verließ, wurde ich von einem Polizisten an den Straßenrand gewinkt, einem schwergewichtigen jungen Cop mit kurzen roten Haaren.

„Kann ich bitte Ihren Führerschein sehen, Ma'am?"

Ich reichte ihn heraus.

„Sie heißen RAMMER-ez?" sagte er.

„Fast."

„Warum benutzen Sie einen Decknamen, Ma'am?"

„Wie bitte?"

„Wir haben gehört, daß die alte Jeannie Moffett von einer gewissen Carla Sullivan belästigt wird. Die Autonummer stimmt, und die Beschreibung trifft auf Sie zu. Hier heißen Sie Carmen RAMMER-ez. Ist das ein mexikanischer Name?"

„Es ist ein spanischer Name. Er kommt in vielen Ländern vor, unter anderem in Mexiko."

„Warum benutzen Sie zwei Namen? Ich könnte Sie mitnehmen und überprüfen, ob Sie vorbestraft sind."

Ich zögerte. „Ich habe vor kurzem geheiratet und hatte bisher keine Zeit, meinen Führerschein umschreiben zu lassen. Und Carla ist die Abkürzung von Carmen." Ich hoffte, der Trottel würde es mir abkaufen.

„Schön, Mrs. Sullivan. Ich lasse Sie weiterfahren. Doch halten Sie sich vom Moffett-Haus fern. Diese Frau hat in ihrem Leben genug Tragödien erlebt. In Frontier City sind Sie vielleicht ein heißer mexikanischer Appetizer, hier aber nur ein fader fettiger Geschmack im Mund. Lassen Sie diese Frau und ihre Enkelin in Ruhe."

Ich nickte dem Beamten zu, merkte mir seinen Namen –

Clyde Davis – und nahm mir vor, eine Dienstaufsichtsbeschwerde gegen ihn anzustrengen, wenn ich mit meinen Ermittlungen fertig war.

***

Am Samstag und Sonntag versuchte ich mehrmals vergeblich, Julia telefonisch zu erreichen. Wie versprochen, rief ich auch das Frauenzentrum an und ließ mir ein paar Informationen geben für Rachel – vielleicht war sie ja bereit, sie anzunehmen.

Sonntagabend hatte ich den Tiefpunkt erreicht – ich fing an, Barbra Streisand zu hören. In meinen einsamen Teenagerjahren hatte ich mich in meinem Zimmer eingeschlossen und unaufhörlich Barbra gehört. Ich glaubte, daß nur ihre Stimme meine tiefsten Sehnsüchte ausdrückte. Ich hörte bereits mehrere Stunden Streisand, als das Telefon klingelte.

Julia, dachte ich, drehte leiser und rannte zum Telefon.

„Carmen?"

Es war Jane. Und ich war überhaupt nicht in Form, mit ihr zu reden. Mein Herz hämmerte. „Hallo", sagte ich so lässig wie möglich.

„Wie geht es dir?" fragte sie. „Ich habe in letzter Zeit viel an dich gedacht."

„Es geht mir gut", sagte ich. Von Julia und mir wollte ich ihr nichts erzählen. „Und wie geht es dir?"

„Oh, ich bin sehr beschäftigt. Auch müde. Rita war in letzter Zeit viel weg. Sie hat in Kansas City einen Rechtsfall."

Als würde es mich interessieren, was dieses Biest von Freundin trieb. Jane war also allein. Willkommen im Club.

„Was ist los, Carmen? Du hast lange nicht geschrieben oder angerufen."

Ich antwortete nicht.

„Carmen, ich habe dich etwas gefragt."

War ich wirklich mal mit einer derart aufdringlichen Frau

liiert gewesen? „Jane, ich habe nicht geschrieben oder angerufen, weil du mich verletzt hast."

„Du wolltest dich verletzt fühlen", sagte sie.

„Das muß ich mir wirklich nicht anhören."

„Wir suchen uns unsere Gefühle."

„Alles Mist", sagte ich. „Jane, es gab eine Zeit, da liebte ich dich mit jeder Faser meines Seins. Ich habe dich vergöttert. Du warst diese brillante, wunderbare Schwedin aus der großen Stadt. Ich habe dich auf eine Art geliebt, die du nie verstehen wirst."

„Ich habe dich nie gebeten, diese Gefühle zu haben."

„Du lieber Himmel, du warst meine erste Geliebte. Was erwartest du denn, verdammt noch mal?"

„Jetzt wirst du feindselig und beleidigend, Carmen."

„Nein, Jane. Du wirst sadistisch und manipulierst. Über Rita hattest du keine Kontrolle, und offensichtlich vernachlässigt sie dich."

„Ich brauche Rita nicht als Kindermädchen."

„Nun, aus irgendeinem Grund hast du doch angerufen. Du wolltest mich wohl auf die Palme bringen, weil du glaubst, ich würde dir immer noch nachtrauern. Du willst auf meine Kosten dein Ego aufbauen."

„Das ist doch absurd."

„Das glaube ich nicht", sagte ich, und mein Herz raste vor Zorn. „Jane, ich will keinen Kontakt mehr zu dir. Ich werde dich nie vergessen. Das kann ich nicht. Ich habe dich zu sehr geliebt, und du warst meine erste Geliebte. Aber ich will nicht mehr mit dir reden. Respektiere das bitte."

„Du hast eine andere kennengelernt, nicht wahr?"

„Gute Nacht, Jane." Ich legte auf. Zum ersten Mal hatte ich Jane unterbrochen und aufgelegt.

Ich atmete tief durch und rief Charles an. „Hier ist Carmen."

„Ich freue mich, daß du anrufst. Eben wollte ich Billie Holiday auflegen."

„Oh. Ich habe Barbra gehört. Was ist passiert?“

„Roger“, sagte er. „Er wollte keine Beziehung. Das ist zumindest, was er mir heute sagte, als er endlich anrief. Er sagte, ich hätte die Sache zu ernst genommen. Deswegen haben wir Schluß gemacht. Ich mache mich bereit, in ein Trappistenkloster einzutreten. Glaubst du, sie tragen etwas unter ihren Kutten?“

Ich mußte lachen. „Charles, du kannst bei Mönchen nicht landen.“

„Wetten?“ sagte er. „Und wie sieht es bei dir aus?“

„Eben habe ich mit Jane telefoniert.“

„Carmen, nein. Was hatte das Schreckliche Biest zu sagen?“

„Ich glaube, Rita kümmert sich nicht genug um sie, und deswegen rief sie mich an, um das alte Hornissennest aufzustören.“

„Ich hoffe, du bist nicht drauf reingefallen.“

„Ich habe sie gebeten, nicht mehr anzurufen. Ich glaube, ich bin endlich drüber weg.“

„Warum hast du dann Barbra gehört?“

„Julia.“

„Ah. Wie steht die Sache? Ich bin sehr neugierig.“

„Nun, wir haben miteinander geschlafen.“

„Ihr habt Sex gehabt?“

„Ja, Charles.“

Er quietschte vor lüsternem Vergnügen. Ich stellte mir das spitzbübische Grinsen auf seinem hübschen dunklen Gesicht vor. „Konntest du es noch? Hast du dich erinnert?“

„Sei still.“

„Na, komm, meine Liebe. Du bist viel zu bescheiden in dieser Sache.“

„Das reicht“, sagte ich. „Jetzt will sie nicht mehr mit mir sprechen.“

„Was ist passiert?“

Ich erzählte ihm alles. „Was soll ich machen?“

„Ich weiß es auch nicht. Laß ihr Zeit. Klingt, als wärst du wirklich hingerissen von ihr. Ich glaube, sie wird zurückkommen."

„Ich hoffe es. Ich bin wirklich verliebt."

„Carmen, warum mußt du dich immer so abgrundtief verlieben?"

„Ich wollte, ich wüßte es. Das mit Roger tut mir leid. Er muß ein Schwein sein, wenn er eine Perle wie dich wegwirft."

„Danke, meine Liebe."

***

Ich fuhr ins *Crystal's*, um meine Wunden zu lecken. An der Bar war niemand. Ein paar Frauen spielten im Hinterzimmer geräuschvoll Billard. Die Jukebox schwieg; Crystal spielte statt dessen Musik vom Band. Ich hielt mich an einem Foster Lager fest und fühlte mich sehr bedrückt, als mir plötzlich ein Gedanke kam: *Diane, Trinkerin und Lesbe, mußte in der einzigen Frauenbar der Stadt verkehrt haben.*

In dem Moment kam Crystal auf mich zu. Sie trug eine Levis und ein rotes Cowboyhemd mit weißen Paspeln.

„Na, was ist los, Kleines?" sagte sie und wischte über den Bartresen. „Du bist nicht sehr trinkfest. Du hältst dich schon fünfundvierzig Minuten an diesem Bier fest."

„Tut mir leid", sagte ich. „Gib mir doch ein Mineralwasser mit einem Spritzer Zitrone."

„Gern", sagte Crystal.

Ich zog meine Geldbörse heraus, aber sie winkte ab. „Geht aufs Haus", sagte sie.

Wußte Crystal etwas über Diane? Würde ich den Mut aufbringen, diese grimmig dreinblickende Frau anzusprechen? „Danke", sagte ich, als sie mir das Glas reichte. „Nicht viel los heute abend." Meine Stimme klang dünn und ängstlich.

„Es schwankt, wie Ebbe und Flut", sagte sie lächelnd.

„Aber meine Kundschaft ist treu. Freitag und Samstag sind immer die großen Abende. Dieser alte Laden hat mich fünfzehn Jahre lang mit Schweinekotelett und Bier versorgt." Sie stieß ein herzliches Lachen aus. „Ihr Abstinenzlerinnen seid mein Ruin."

„Ich könnte zehn Jack Daniels bestellen und mich dann auf den Boden erbrechen, wenn du das möchtest", sagte ich und hoffte, sie würde lachen.

„Haha", kicherte Crystal. „Das hatte ich oft genug, vielen Dank, Ma'am. Guter Gott, was ich auf dieser Toilette schon gefunden habe. Einmal hat sich ein Mädchen die Pulsadern aufgeschnitten. Ein Stammgast fand sie niedergestreckt und blutend wie ein Schwein. Als die Sanitäter eintrafen, wollten sie ohne Polizeischutz nicht reinkommen. Ich sagte ihnen, daß es ein Selbstmordversuch war, aber sie glaubten es nicht. Ich mußte das Mädchen selbst in den Krankenwagen tragen. Habe mir dabei ein gutes Hemd und eine Hose versaut. Alles voll Blut."

„Höre, Crystal", sagte ich. „Du bist ein aufrechter Typ. Ich versuche Informationen über einen Mord auszugraben."

Sie warf mir einen spöttischen, skeptischen Blick zu. Ihre blauen Augen wurden hart. „Du bist noch ziemlich jung für die Mordkommission."

„Ich bin nicht von der Polizei."

„Das habe ich auch nicht angenommen", sagte sie mit höhnischem Lachen. „Privatdetektivin?"

„Nein. Ich arbeite für die *Frontier City Times*."

„Es gibt nichts Widerlicheres als eine Wichtigtuerin", sagte sie, drehte mir den Rücken zu und ging zur anderen Seite der Bar.

Ich geriet in Panik, trotzdem rutschte ich vom Hocker und folgte ihr. Meine Worte überschlugen sich. „Hör zu, Crystal, ich bin Schlußredakteurin. Ich versuche, Informationen zu sammeln, um zu beweisen, daß meine Zeitung über jemand falsch informiert hat. Ich versuche, den Namen dieser Person reinzuwaschen – sie wurde fälschlicherweise beschuldigt."

„Wer?"

„Diane Barrett. Ich glaube, es war abgekartet. Hast du sie gekannt?"

„Gut möglich", sagte Crystal und betrachtete mich finster. „Hast du einen Presseausweis?" Ich zeigte ihr meine Ausweismarke von der *Times*. Sie studierte sie genau. „Sieht echt aus. Du bist nicht zum ersten Mal hier. Bist du lesbisch, oder tust du nur so?"

„Ich bin echt."

Sie sah mich streng an. „Das glaube ich nicht."

„Crystal", sagte ich, „ich gebe dir mein Wort. Ich gebe dir auch mein Wort, daß ich nichts von dem, was wir hier reden, veröffentlichen werde. Wenn du willst, bleibt alles unter uns."

Sie verschränkte ihre muskulösen Arme vor der Brust. „Ich habe nichts zu verbergen. Was willst du wissen?"

„Ist Diane hierhergekommen?" Ich zeigte ihr Dianes Foto.

„Ich brauche kein Bild. Ich habe ein gutes Gedächtnis. Sie war oft hier. Sie war eine gute Kundin. Eine allzu gute. Häufig habe ich ihr nichts mehr ausgeschenkt. Ich kann dir nicht sagen, wie oft ich ein Taxi für sie gerufen habe."

„Kam sie allein?"

„Meistens. Manchmal suchte eine andere – eine Wahnsinnsblondine – nach ihr. Eine richtige Glucke. Trank immer Diät-Cola. Ich würde ja eher Pisse trinken. Ich bin eine Frau, die Bourbon trinkt und dergleichen. Oder Eistee. Ich glaube, sie hieß Opal oder Perle, so ähnlich. Siehst du, jetzt habe ich mit meinem guten Gedächtnis geprahlt und kann mich nicht an den Namen erinnern. Die beiden machten hier oft große Szenen. Sie wollte Diane immer dazu bringen, die Kneipe zu verlassen. Mehr als einmal mußte ich sie bitten, die Sache draußen auszutragen. Was willst du noch wissen?"

„Ist dir sonst was aufgefallen? Hat jemand nach ihr gefragt?“

Crystal zündete sich eine filterlose Camel an und lehnte sich an die Bar. „Hm, einmal kam ein Mann und suchte nach ihr. Ein widerlicher Kerl mit einer großen Tätowierung am Arm. Ich glaube, es war ein Drachen oder so etwas. Machte viel Wind, daß er sie in der Schule verpetzen würde, wenn sie sich nicht seine Sicht der Dinge zu eigen machte. Ich warf ihn hinaus. Er kam nie wieder.“

„Wie sah er aus?“

„Ein Weißer, tätowiert, wie gesagt, Anfang vierzig. Beginnende Glatze. Dicker Bierbauch. Alles Schwabbelspeck. Deswegen konnte ich ihn rauswerfen. Drehte ihm nur die Arme auf den Rücken, und schon war er ein perfekter Gentleman.“

Crystal stemmte die Arme in die Hüften und lächelte bei dem Gedanken an ihren Triumph.

Ich war beeindruckt. Ich würde mich nicht gern von Crystal hinauswerfen lassen.

„Und jetzt kommt der Knüller für dich, Schätzchen“, sagte Crystal. „Ich weiß, daß Diane das Mädchen nicht ermordet hat.“ Sie drückte ihre Zigarette aus. „Sie war hier, in der Nacht, als das Mädchen umgebracht wurde. Sturzbetrunken. Ich ließ sie von einer der Kellnerinnen heimfahren. Aber das war schon nach Lokalschluß. Diane kam nicht vor halb drei nachts heim, würde ich sagen, und in den Zeitungen stand, die Todeszeit sei der frühe Abend gewesen. Diane war von der Happy Hour, also ab vier, bis zur Sperrstunde hier. Sie kippte sich den Alkohol nur so rein. Und die Kellnerin erzählte mir, daß in der Nacht ein Mann in ihrem Haus war, der Diane aus dem Auto half.“

Donnerwetter, sie war wirklich gut. „Wer war der Mann?“

Crystal hielt inne, um sich noch eine Camel anzuzünden. „Das wußte die Kellnerin nicht. Sie hat nicht groß darauf geachtet. Ich glaube, sie hat einen Tritt in den Hintern befürchtet und deswegen gemacht, daß sie wegkam. Das kann ich ihr nicht verdenken. Es ist nicht klug, auf Streit zu warten, wenn du deine Fäuste nicht einsetzen kannst. Ich hatte dafür immer ein besonderes Talent." Sie lächelte wieder.

Mein Herz raste vor Aufregung. „Hast du der Polizei davon erzählt?"

„Ich kam nicht dazu. Diane hatte sich umgebracht, bevor ich die Gelegenheit hatte, etwas zu sagen. Sie war dumm. Einfach blöd. Danach rief ich beim Polizeirevier an, aber sie haben auf all das, was ich ihnen erzählte, nicht reagiert."

„Wie heißt die Kellnerin?"

„Betty Martin", sagte sie. „Eine verdammt gute. Sie konnte selbst einer Leiche noch Trinkgelder abzapfen. Sie ist schon lange weg. Soll in Frisco sein, habe ich gehört. Hat mir mal eine Postkarte geschickt – vor einem Jahr ungefähr. Da wollen heutzutage alle hin. Ich kenne einige Barbesitzerinnen dort. Ich könnte meine Fühler ausstrecken. Sie wird irgendwo auftauchen. Alle brauchen ihre Wasserstelle."

„Ich wäre dir sehr verbunden", sagte ich und knallte einen Zwanzig-Dollarschein und meine Visitenkarte auf die Bar.

„Wofür ist das?"

„Stell dir einfach vor, ich hätte zehn Jack Daniels getrunken und dann auf den Boden gekotzt. Wenn dir noch etwas einfällt, ruf mich an."

„Ein Jack Daniel kostet drei Kröten. Das reicht nicht ganz."

„Willst du mehr?"

Crystal lachte. „Du erinnerst mich irgendwie an ein kleines Kaninchen."

„Warum?"

„Weil du so leicht zu erschrecken bist", sagte sie und zwinkerte mir zu. „Du hast nicht genug Geld, um mich zu kaufen. Steck deine Geldbörse ein. Wenn es dir gelingt, Diane reinzuwaschen, ist das Bezahlung genug für mich. Sie war Alkoholikerin, keine Kinderschänderin. Sie konnte keiner

Fliege was zuleide tun, das kannst du mir glauben. Der wirkliche Mörder läuft immer noch frei herum."

„Vielen Dank für die Hilfe", sagte ich.

„Paß auf dich auf, Kindchen. Du bist ziemlich nervös für diese Art Arbeit."

***

Als ich nach Hause kam, blinkte das Licht auf meinem Anrufbeantworter. Ich hoffte Julia zu hören und drückte auf den Abspielknopf. Ich war verblüfft, eine brutale, rauhe unbekannte Stimme zu hören.

Wenn du gesund bleiben willst, steck deine Nase nicht in anderer Leute Angelegenheiten.

Panik stieg in mir auf. Ich sah sofort nach, ob draußen jemand auf mich lauerte. Ich sah nichts und wählte 911. Der Diensthabende versprach mir, daß er einen Polizisten schicken würde. Dann rief ich Julia an. Ich dankte Gott, als sie nach dem zweiten Klingeln abhob.

„Ich glaube, ich bin noch nicht bereit, mit dir zu sprechen", sagte sie.

„Julia, bitte leg nicht auf. Ich habe heute abend einen bedrohlichen Anruf bekommen. Eben warte ich auf die Polizei."

„Ich komme sofort", sagte Julia.

„Geh nicht zu Fuß. Vielleicht wartet jemand draußen."

„Ich halte ein Auto an. Mach dir keine Sorgen."

Der Streifenwagen fuhr etwa zwei Minuten später vor. Mir schien es viel länger.

Zwei hünenhafte Polizisten stiegen aus ihrem schwarzweißen Wagen und durchsuchten mit gezückten Taschenlampen die Büsche ums Haus. Ich bemerkte, daß die alte Mrs. Braun aus dem Fenster spähte. Einer der Cops, der ältere, kam auf mich zu.

Ich ließ ihn ins Haus, spielte ihm die Nachricht vor, und er notierte sie. Durch die offene Wohnungstür sah ich, wie Mr. Braun, in einen dicken Bademantel gehüllt, mit dem anderen Polizisten sprach.

„Miss Ramirez, haben Sie sich in letzter Zeit von einem Freund getrennt?"

„Nein."

Er sah sich um. „Nun, kann gut sein, daß es eine einmalige Sache war. Irgendein Spinner, der Ihnen Angst machen will. Ich würde mir keine Sorgen machen."

„Wachtmeister, ich bin Journalistin und arbeite an einem bestimmten Fall. Ich könnte mir denken, daß die Drohung damit zu tun hat."

„Das bezweifle ich."

„Er hat aber gesagt, ich solle meine Nase nicht in die Angelegenheiten anderer Leute stecken."

„Diese Drohung ist üblich", sagte er. Die Drohung war ihm offensichtlich egal.

Ich sagte: „Wollen Sie das Tonband als Beweismaterial sichern?"

„Ich glaube, das ist nicht nötig."

„Sie könnten die Stimme archivieren."

„Wir haben wirklich nicht die Zeit, jedem Verrückten in dieser großen Stadt nachzulaufen. Heute nacht werden wir ein Auge auf Sie haben. Wenn wieder etwas vorkommt, informieren Sie uns. Anruf genügt."

Ich wußte, daß er recht hatte und daß sie taten, was sie konnten, aber wütend war ich trotzdem. Ganz irrational. Ich wollte Taten sehen. Er ging zum Wagen zurück. Mr. Braun stand an der Hintertür und rief: „Was ist los, Carmen?"

Ich erzählte es ihm.

„Ich werde ein Auge auf Sie haben", versprach er.

„Danke", sagte ich und überlegte, wie ein gebrechlicher Mann in den Siebzigern mich beschützen könnte.

Ein dunkler Volkswagen hielt, und Julia sprang heraus. „Vielen Dank", rief sie, und der Käfer raste weiter.

Sie rannte auf mich und Mr. Braun zu. „Carmen, alles in Ordnung? Wo sind die Cops?"

„Du hast sie gerade verpaßt", sagte ich.

Julia und ich gingen in die Wohnung. Ich spielte ihr das Band vor.

„Gott, das klingt unheimlich." Sie sah müde aus, blaß und besorgt. Sie hatte nur schnell ein altes T-Shirt und eine Hose übergestreift. In der Eile hatte sie nicht einmal Schuhe angezogen. Ich drehte das Band um, damit die Botschaft nicht gelöscht wurde.

„Was soll so etwas?" sagte Julia mit Wut in der Stimme.

Ich erzählte ihr, was ich von Crystal erfahren hatte. „Meinst du nicht, daß die Sache dir über den Kopf wächst? Warum übergibst du diese Information nicht einfach der Polizei?"

„Die Polizei war vor zwei Jahren auch nicht interessiert. Ich glaube, daran hat sich bis heute nichts geändert, es sei denn, ich finde noch mehr heraus."

Wir standen uns eine Weile wortlos gegenüber. Schließlich brach Julia das Schweigen. „Gut, was soll ich tun?"

„Würde es dir etwas ausmachen, heute nacht bei mir zu bleiben?"

Sie seufzte. „Nein. Überhaupt nicht."

Später lagen wir zusammen im Bett, aber wir berührten uns nicht. Julia schien sofort einzuschlafen.

Mich quälte der Gedanke an den Anruf. Clyde Davis, der Polizist, kannte meinen richtigen Namen, und selbst mit seiner beschränkten Intelligenz war es für ihn ein Leichtes, mich anhand der Autonummer zu identifizieren. Er hätte Mrs. Moffett meine Nummer geben können, oder er hatte selbst angerufen. Vielleicht hatte eine dritte Person auf ihr Drängen hin den Anruf gemacht. Moffett und der Polizist waren vielleicht sogar verwandt. Oder vielleicht steckte Rachel dahinter. Ich hatte ihr meine Telefonnummer gegeben – vielleicht hatte Mrs. Moffett sie entdeckt. Oder vielleicht hatte sich Rachel gegen mich gestellt, weil ihre Großmutter ihr etwas vorgejammert hatte. Instabil wie Rachel war. Der Reverend Metcalf war auch nicht glücklich über mich. Aber er war ein Geistlicher, und Geistliche taten so was normalerweise nicht. Ich hatte Crystal meinen richtigen Namen und meine Telefonnummer gegeben, aber sie war nicht der Typ, der Drohanrufe macht. Sie hätte mich auf der Stelle verdroschen. Oder es war Louanne, weil sie wütend war, daß wir Rachel geholfen hatten zu fliehen.

Und was war mit Julia? Hatte sie einen ihrer Freunde dazu überredet, weil sie mir heimzahlen wollte, daß ich Louanne in Schwierigkeiten gebracht hatte? Warum war sie dann auf meinen Anruf hin zu mir gekommen? Schlechtes Gewissen? Aber sie schien mich zu mögen – obwohl sie böse auf mich war. Meine Großmutter konnte dahinterstecken, um mir Angst einzujagen, damit ich wieder nach Hause kam.

Ich ging die Liste der Verdächtigen immer wieder durch, bis ich endlich in einen unruhigen Schlaf fiel.

***

Als ich am nächsten Morgen aufwachte, war Julia schon angezogen und bereit zu gehen. Sie hatte sich ein Paar Sandalen von mir geborgt. Ich fühlte mich schuldig, daß ich sie einen Augenblick lang verdächtigt hatte. „Wohin gehst du?“ fragte ich.

„In die Uni. Ich muß einiges erledigen.“

„Soll ich dich fahren?“

„Nein. Ich gehe zu Fuß.“

„Wolltest du gehen, ohne ein Wort zu sagen?“

„Carmen, es tut mir leid, aber ich habe im Moment einige Probleme.“

„Können wir sie besprechen?"

„Nein. Ich kann nicht. Nicht jetzt."

„Hör zu, es tut mir wirklich leid wegen Louanne. Ich wollte mich nicht zwischen euch stellen."

„Ich kann jetzt nicht mit dir über Louanne sprechen", sagte sie. „Ich muß wirklich gehen." Sie eilte zur Tür.

Ich spürte Tränen aufsteigen. „Das ist nicht fair. Ich war es nicht, die diese Sache vorangetrieben hat", sagte ich. „Du warst es, die die Beziehung forciert hat. Und kaum habe ich meine Zurückhaltung aufgegeben, entfernst du dich. Gut, ich will dir eines sagen – ich bin kein Fußabstreifer für dich oder für sonst jemanden. Wenn du gehen willst, geh."

„Ich will mich nicht streiten."

„Manchmal läßt es sich nicht verhindern", schrie ich.

Sie kam zurück und setzte sich auf den Bettrand. „Könntest du aufhören zu brüllen?"

„Gut", sagte ich. „Es tut mir leid."

„Carmen, ich mache nicht Schluß mit dir. Ich brauche nur Zeit, um gewisse Dinge zu erledigen." Sie streckte ihre Hand aus und berührte zärtlich mein Gesicht. „Ich komme wieder. Das verspreche ich." Sie küßte mich auf die Wange.

8

Dienstagnachmittag ging ich wieder zur Arbeit. Seit Julia Montagmorgen gegangen war, hatte ich nichts mehr von ihr gehört. Um die freien Abende auszugleichen, mußte ich diese und die nächste Woche sechs Tage hintereinander arbeiten.

Ich versuchte angestrengt, mich auf die Interpunktion in

den langweiligen Artikeln, die Sargent mir schickte, zu konzentrieren, statt auf Julia.

Am Ende der Schicht fragte ich ihn nach der Barrett-Serie.

„Sie erscheint nächste Woche. Ab der Sonntagsausgabe."

„Danke, Ralph", sagte ich und verließ die Redaktion.

Zu Hause blinkte der Anrufbeantworter. Nervös und ängstlich, daß mich neue Drohungen erwarteten, setzte ich mich auf die Couch, neben mir die Katzen zur Unterstützung, und hörte das Band ab.

„Carmen, hier spricht Crystal Reeves. Ich habe Betty Martin ausfindig gemacht. Sie ist noch in Frisco. Ich glaube, sie ist bereit, über die Sache zu sprechen. Ruf mich an, dann sage ich dir Näheres. Bis bald."

Der Apparat piepte, dann kam eine zweite Nachricht.

„Hi. Ich bin Ruby Weller. Sie können mich zu Hause erreichen..." Und eine Telefonnummer.

Ich rief die Bar an, und Crystal, die über die weitere Entwicklung auf dem Laufenden gehalten werden wollte, informierte mich über Betty Martin. Ich versuchte Betty zu erreichen, aber sie hob nicht ab und hatte keinen Anrufbeantworter. Weller wollte ich am nächsten Morgen anrufen. Es war schon zu spät, um mit einer Lehrerin zu telefonieren.

Gerade als ich zu Bett gehen wollte, hörte ich Klopfen an der Tür. Mir klopfte das Herz im Hals. Die Katzen tauchten unter das Bett. Ich warf mir den Bademantel über, ergriff meinen verläßlichen Softball-Schläger und ging zur Tür.

„Wer ist da?" bellte ich drohend.

„Carmen, ich bin's. Julia."

Ich öffnete die Tür. Sie stand da, einen Matchbeutel in der Hand.

„Guter Gott, hast du mich erschreckt. Was machst du hier?" Ich hatte einen Adrenalinstoß – weil ich mich freute, sie zu sehen, und aus Angst.

„Kann ich reinkommen?" Sie atmete heftig.

Wir setzten uns auf das Sofa. Sie trug eine ausgebeulte, graue Trainingshose, ein blaues T-Shirt und abgetragene Tennisschuhe. „Wie bist du hergekommen?"

„Ich bin zu Fuß gegangen. Gerannt."

„Julia, um Gottes willen", sagte ich ärgerlich, „ungefähr alle drei Minuten wird in dieser Stadt eine Vergewaltigung begangen, ich bin eben bedroht worden, und du spazierst nachts allein durch die Straßen."

„Ich mußte zu dir."

„Mach das nicht wieder. Ich hole dich ab. Oder nimm in Gottes Namen ein Taxi", sagte ich.

„Ich muß dir etwas sagen."

Sie schien aufgeregt und fassungslos zu sein. Ihre grünen Augen waren rotgerändert, ihr Gesicht war verquollen.

„Stimmt was nicht?" Ich legte meinen Arm um sie.

Sie seufzte und fuhr sich mit der Hand durch das kurze blonde Haar. „Wo soll ich anfangen? Am besten am Anfang. O Gott, die Sache ist wirklich beschissen. Meine Familie weiß Bescheid", sagte sie ernst.

„Wie das?"

„Louanne hat sofort gemerkt, daß wir ein Paar sind. Sie hat mich so komisch angesehen; ich wußte, daß etwas nachkäme. Am Samstag rief sie an und fragte, was zwischen uns beiden läuft. Ich konnte sie nicht anlügen. Sie hätte es sofort gespürt. Also sagte ich ihr, daß ich mit dir eine Beziehung habe."

Ich war verblüfft, aber ich wollte Julia nicht noch mehr aufregen. „Aha", sagte ich gefaßt.

„Nun, sie rastete aus und warf mir das ganze Bibelzeug an den Kopf. Daß Homosexuelle kein Teil haben am Reich Gottes. All diesen Scheiß."

„Ich habe das auch schon zu hören gekriegt", sagte ich und hätte dieser bibelfesten Verrückten am liebsten in den Hintern getreten.

„Das ist noch nicht das Schlimmste. Sie hat es meinen Eltern erzählt."

„Heiliger Strohsack", sagte ich. Louanne und all die anderen, die ihre Mitmenschen im Namen Gottes der Hölle ausliefern, gehörten eingesperrt.

„Sie haben mich heute angerufen. Sie sind außer sich. Morgen kommen sie her. Sie wollen, daß ich wieder nach Hause komme." Julia rieb sich nervös die Stirn.

„O nein." Mein Herz erstarrte. *Bitte geh nicht. Lieber Gott, mach, daß sie mich nicht verläßt.*

„Sie wollen, daß ich die FCU sofort verlasse und nächstes Semester an der Universität von Arkansas studiere. Sonst geben sie mir kein Geld mehr."

„Julia. Es tut mir so leid. Und alles meinetwegen", sagte ich.

Toll, Carmen, wütete ich gegen mich. Du hast aus einer vielversprechenden Studentin und vorbildlichen Tochter über Nacht eine mittellose, lasterhafte Ausgestoßene gemacht. Nein, eigentlich sollte ich mich nicht schuldig fühlen. Das genau ist es, was Louanne und ihresgleichen wollen.

„Bitte entschuldige dich nicht", sagte Julia.„Ich liebe dich. Ich gehe nicht zurück." Sie machte eine Faust, um ihre Worte zu bekräftigen.

Sie bleibt hier. Sie liebt mich. Danke, lieber Gott. „Wie kann ich dir helfen?"

„Dieses Semester ist bezahlt. Ich habe ein Teilstipendium. Ich werde versuchen, das Studium hier fertig zu machen und gleichzeitig zu arbeiten. Ich habe den Job bei der *Times*. Vielleicht stellen sie mich fest ein, wenn das Semester zu Ende ist."

„Ja, vielleicht."

„Ich wollte das Examen sowieso ein Semester früher machen. Ich glaube, ich kann es schaffen. Ich weiß noch nicht, was ich tun werde. Ich werde mit meiner Studienberaterin sprechen und die verschiedenen Möglichkeiten überdenken."

„Der Plan klingt gut."

„Es ist schrecklich, Carmen, wenn sich deine ganze Familie gegen dich stellt. Ich bin das einzige Kind. Wir waren uns immer so nahe."

Ich umarmte sie fest. „Ich weiß. Das ist mir auch passiert. Es tut weh. Ich wollte, es wäre glatter gegangen. Laß ihnen Zeit. Sie werden sich ein wenig damit abfinden. Grandma ist nicht eben begeistert, aber sie hat endlich aufgehört, das Kriegsbeil nach mir zu werfen."

Julia brachte ein Lachen zustande. „Tust du mir einen Gefallen."

„Alles, was du willst."

„Ich muß mich verstecken, während meine Eltern in der Stadt sind. Ich habe im Heim eine Nachricht für sie hinterlassen, daß ich außerhalb wohne und sie nicht treffen will. Kann ich hierbleiben?"

„Sicher, wenn du glaubst, daß es gut ist. Vielleicht macht es sie noch wütender", sagte ich.

„Ich kann sie im Moment einfach nicht sehen. Möchtest du mich nicht hierhaben?"

„Aber sicher, Liebste." Ich küßte sie auf die Stirn und streichelte sie zärtlich. „Du solltest sie vielleicht anrufen, dich mit ihnen zum Mittagessen treffen oder so. Sie kommen immerhin den ganzen Weg von Arkansas."

„Ich weiß nicht. Ich werde morgen früh im Wohnheim anrufen und fragen, wie es ihnen geht", sagte sie. Plötzlich stand sie auf und klatschte in die Hände. Sie ging mit großen Schritten im Zimmer auf und ab, und die Worte sprudelten aus ihr heraus. „Hör zu, ich habe eine Idee. Seit ich fünfzehn war, arbeitete ich jeden Sommer bei meinen Eltern im Geschäft. Meine Mutter hat das Geld für mich angelegt. Ich werde es mir jetzt auszahlen lassen. Ich habe es verdient. Ich habe die

Kasse gemacht, die Regale aufgefüllt, beim Entladen der Lastwagen geholfen. Das Geld steht mir zu. Davon kann ich die Studiengebühren bezahlen.“

„Gut.“

Es gab einen Augenblick der Stille. Julia setzte sich neben mich und berührte sanft mein Gesicht. „Es tut mir leid, daß ich so komisch war. Ich weiß, daß ich dich verletzt habe. Ich hätte dir sagen sollen, was los war. Ich wußte einfach nicht, was tun. Schließlich sind es meine Eltern. Sie haben nur mich. Es ist wirklich eine schwierige Entscheidung.“

„Schon gut. Laß uns später darüber reden. Jetzt sollten wir schlafengehen – morgen gibt es viel zu tun.“

Sie küßte mich auf den Hals. *Sie ist wieder da. Ich liebe sie.*

***

Am nächsten Morgen in aller Frühe rief Julia das Wohnheim an und hinterließ am Empfang meine Nummer für ihre Eltern. Sie ging unter die Dusche, und ich rief Ruby Weller an, die sich bereit erklärte, sich mit mir Sonntagnachmittag zu treffen. Als ich aufgelegt hatte, klingelte das Telefon.

„Julia Nichols“, sagte ein Mann mit starkem Arkansasdialekt.

Das mußte Daddy sein. „Sie kann im Moment nicht an den Apparat kommen. Kann ich ihr etwas ausrichten?“

„Was haben Sie mit ihr gemacht?“

„Wie bitte?“

„Sie sind die Kreatur, die sie in ein Sündenleben gelockt hat, nicht wahr?“ Im Hintergrund hörte ich eine Frauenstimme sagen: „Bob, bitte.“

„Sir, ich spreche nicht mit Ihnen. Julia wird Sie so bald wie möglich anrufen. Wo sind Sie?“

„Wir sind in der Universität, wo sie auch sein sollte.“ Er legte auf.

Da kam ja was Nettes auf uns zu.

***

Julia traf sich mit ihren Eltern zum Frühstück im Restaurant an der Fifteenth Street. In weniger als einer Stunde war sie wieder zurück. Ihr Gesicht war rot gefleckt.

„Was ist passiert?"

„Ich gehe nicht mit ihnen zurück, und sie sperren mir das Geld. Das ist passiert. Meine Mutter ist allerdings bereit, mir mein Eigentum auszuhändigen. Sie scheint vernünftiger zu sein als mein Vater. Davon abgesehen weigern sie sich, ein Sündenleben zu unterstützen. Und weißt du, was noch? Dad beklagte sich, daß er den Laden einen Tag allein lassen mußte und mit der Arbeit in Verzug kam."

Scheiße. Eltern sind in solchen Zeiten immer so hilfreich. Wahrscheinlich wäre es ihnen lieber, wenn sie mit irgendeinem pickeligen Studienkollegen in einem BMW bumsen würde. „Es tut mir leid", sagte ich.

„Mir auch", sagte Julia.

Julia ging am Nachmittag ins Studentenwohnheim, ordnete ihre Finanzen und nahm ihre Studien wieder auf. Wir wollten uns am Montagabend wiedersehen und bis dahin telefonisch in Verbindung bleiben.

***

Freitagnachmittag erreichte ich endlich Betty Martin, nachdem ich es zu den verschiedensten Tageszeiten versucht hatte.

„Crystal Reeves von *Crystal's Tavern* in Frontier City hat mir Ihren Namen gegeben."

„Wie geht es der guten Crystal?" fragte sie begeistert. „Sie war die netteste Frau, bei der ich je gearbeitet habe."

„Betty, ich recherchiere den Mord an Rebecca Metcalf. Crystal sagt, daß Sie die Hauptverdächtige, Diane Barrett, in der Mordnacht nach Hause gefahren haben."

„Sind Sie von der Polizei?"

„Nein, Journalistin. Crystal half mir, indem sie mir Ihren Namen gab. Ich glaube, Diane wurde fälschlicherweise etwas angehängt."

„Das würde ich auch sagen."

„Warum?"

„Weil sie an dem Abend sturzbetrunken war. Sie hatte den ganzen Tag getrunken, angefangen in der Happy Hour bis zur Sperrstunde. Und das ist in Frontier City zwei Uhr nachts. Ich nahm sie mit nach Hause, weil es am Weg lag und sie Stammgast war. Und gute Trinkgelder gab. Außerdem hatte mich Crystal darum gebeten."

„Was ist in dieser Nacht geschehen?"

„Nun, sie war sternhagelvoll, wie ich schon sagte. Ich bog in die Einfahrt ein. Da stand dieser Kerl, ein Freund von ihr, nehme ich an. Er half ihr beim Aussteigen."

„Wie sah er aus? War er schwarz, weiß, klein, groß? Male, Narben, Tätowierungen? Irgend etwas?"

„Er war weiß und dunkelhaarig, ein Haarschnitt wie die Three Stooges."

„Welcher von den Stooges?"

„Der mit dem Pony."

„Erinnern Sie sich an sonst noch etwas?"

Sie zögerte. „Nein, sonst ist mir nichts aufgefallen. Er redete sie mit Namen an und half ihr aus dem Wagen. Er war nicht gewalttätig. Sie schien sich nicht vor ihm zu fürchten, deshalb ließ ich ihn gewähren. Tut mir leid, ich habe nicht Crystals Gedächtnis."

„Sie haben mir sehr geholfen. Wenn Ihnen noch etwas einfällt, lassen Sie es mich wissen."

Betty sagte: „Ich muß Sie warnen – Crystal wollte in dieser Sache vor ein paar Jahren etwas unternehmen, aber niemand wollte davon hören."

„Ich hoffe, diesmal ist es anders."

***

Ruby Weller begrüßte mich an ihrer Haustür. „Hallo“, sagte sie nervös. „Kommen Sie herein.“

Das Haus war schlicht und einfach. Naturfarben gebeizte Holzregale, gefüllt mit den Unterlagen jahrelangen Studiums, bedeckten die weißen Wände. Ruby war groß und sportlich, ihr blond gefärbtes Haar trug sie in kurzen Dauerwellen. Ihre Augen waren dunkelbraun, ihr Gesicht schmal, blaß und besorgt. Sie trug einen alten grauen Trainingsanzug. Auf dem Couchtisch stand eine Dose Diät-Cola.

„Worum geht es?“

Ruby und Diät-Cola. Sie mußte Opal oder Perle sein, die Blondine, von der Crystal gesprochen hatte.

Wir setzten uns auf die Couch, und ich ordnete meine Gedanken. Sie würde sich nicht öffnen, wenn ich nicht ganz direkt war. „Ms. Weller, ich muß mit Ihnen vertraulich sprechen.“

„Nur zu“, sagte sie. „Und bitte nennen Sie mich Ruby.“

„Erstens, ich arbeite nicht für den *Herald*, aber ich bin Journalistin. Ich heiße auch nicht Carla Sullivan, sondern Carmen Ramirez. Ich bin Redakteurin bei der *Frontier City Times*. Ich setze meinen Job aufs Spiel, mit dieser Mitteilung“, sagte ich und zeigte ihr meine Ausweismarke von der *Times* und meinen Führerschein. „Meine Zeitung will eine Serie über den Fall Barrett machen. Ich persönlich glaube, daß man ihr die Sache angehängt hat, weil sie eine Lesbe war und somit eine passende Zielscheibe. Ich glaube, Sie können mir helfen, das zu beweisen.“

„Ich weiß nicht, was das soll, aber ich denke, Sie sollten besser gehen.“ Sie stand auf.

„Ich frage ins Blaue. Waren Sie je mit Diane im *Crystal's?*“

„Ich habe noch nie von diesem Lokal gehört“, sagte sie. Daß sie rot wurde, sagte mir etwas anderes.

„Ich habe mit der Besitzerin gesprochen, mit Crystal. Die Frau hat ein Gedächtnis wie ein Elefant. Sie sagte, eine blonde Frau mit einem Namen ähnlich dem Ihren sei in die Bar gekommen und habe versucht, Diane vom Trinken abzuhalten und nach Hause zu bringen. Sie erinnerte sich sogar, daß diese Gästin nur Diät-Cola trank."

Sie sah schuldbewußt auf die Cola-Dose. „Viele haben blonde Haare und trinken Diät-Cola. Ich weiß nicht, wovon Sie reden."

„Ruby, es ist ein Leichtes, von der Schule ein Bild von Ihnen zu bekommen und damit bei Crystal vorbeizuschauen. Ich bin mir sicher, daß sie sich an Ihr Gesicht erinnert."

„Was zum Teufel wollen Sie? Das ist eine Lesbenbar, und wir sind in Oklahoma. Wollen Sie mich aus meinem Job vertreiben?" Sie zitterte.

„Ich werde nichts sagen, was Sie oder Ihren Job gefährdet. Es ist mir egal, ob Sie in eine Lesbenbar gingen. Ich kann es Ihnen ja sagen: Ich bin lesbisch. Deswegen konnte ich bei Crystal nachfragen. Würde es einer Heterofrau einfallen, dort nachzuforschen? Und selbst wenn, glauben Sie, Crystal würde ihr mehr geben als einen Fußtritt? Ich werde Ihren Namen nicht erwähnen – das verspreche ich. Ich werde Sie in keiner Weise hineinziehen", sagte ich. „Helfen Sie mir bitte."

Ihr Gesicht wurde noch röter, und sie seufzte. „Warum sollte ich Ihnen vertrauen?"

„Weil ich Ihnen Informationen über mich gegeben habe, die ausreichen, um mich in zehn Sekunden zu feuern. Sie könnten meinen Vorgesetzten anrufen, Ralph Sargent, und er könnte dafür sorgen, daß ich in dieser Stadt nie wieder Arbeit finde. Wollen Sie seine Nummer?"

Sie antwortete nicht. Sie dachte nach.

„Sehen Sie, ich kann Sie nicht zwingen, mit mir zu reden. Aber stört es Sie denn nicht, daß der Mörder Rebeccas frei ist und Diane tot? Crystal ist bereit zu bezeugen, daß Diane in der Mordnacht die Bar erst nach der vom Gerichtsmediziner festgestellten Todesstunde Rebeccas verließ. Und ich habe eine Kellnerin, die bereit ist zu bezeugen, daß Diane zu betrunken war, um sich ans Steuer zu setzen. Sie hat Diane in dieser Nacht nach Lokalschluß nach Hause gefahren", sagte ich. „Würden Sie mir bitte helfen?"

„Also gut", sagte sie und sank auf die Couch. Sie gab sich geschlagen.

„Was für eine Beziehung hatten Sie zu Diane?"

Sie fing an zu weinen. „Wir waren Freundinnen", sagte sie. „Das ist ziemlich schwer für mich."

„Lassen Sie sich Zeit."

„Sie trank zuviel. Sie war in vielerlei Hinsicht krank und hilflos, aber ich liebte sie. Ich wollte die Dinge für sie in Ordnung bringen. Ich denke, das sagt einiges über mich aus. Manchmal kam sie zu mir. Sie war oft so traurig. Und ich liebte sie so. Ich habe mich immer um sie gekümmert und sie zu trösten versucht. Manchmal auch körperlich. Aber sie blieb nie über Nacht."

Sollte ich weiter in sie dringen? Ruby bebte vor Kummer. Sie hatte in den letzten zwei Jahren viel für sich behalten müssen. Vielleicht tat es ihr gut, ihre Geschichte zu erzählen.

Sie ging ins Bad, und ich hörte, daß sie Wasser laufen ließ und sich die Nase putzte. Sie kam mit einer Kleenex-Schachtel zurück. „Entschuldigen Sie bitte", sagte sie mit zitternder Stimme. „Es tut immer noch weh. Sehr weh."

„Ich weiß, daß es schwer für Sie ist."

Sie schenkte mir ein schwaches Lächeln.

„Hat die Trinkerei je Dianes Arbeit beeinträchtigt?"

„Sie war immer stocknüchtern, wenn sie mit den Kindern zu tun hatte. Sie waren ihr Leben."

Ich legte eine respektvolle Pause ein. „Gab es Männer in ihrem Leben?"

„Komisch, daß Sie das fragen", sagte Ruby, zog ein Kleenex

aus der Schachtel und zerknüllte es. „Der Ober-Hausmeister, Buddy Jefferson, machte sich an sie heran. Aber er machte sich an alles ran, was lebendig war."

„Das ist interessant. Einem Reporter von der *Times* hat er gesagt, daß sie nichts mit Männern anfangen konnte."

„Dieser schmierige Hund", sagte Ruby. „Er würde die eigene Mutter verraten, wenn er einen Vorteil davon hätte."

„Wie war das Verhältnis der beiden?"

„Diane hatte ein Talent, Leute zu finden, die sie schlecht behandelten", sagte sie, und wieder flossen die Tränen. „Er hat ihr einmal nach der Schule geholfen, den Wagen zu starten. Dann ließ er sie nicht mehr in Ruhe. Sie sind ein paarmal zusammen einen trinken gegangen, und dann wurde sie ihn nicht mehr los. Schließlich sagte sie ihm, sie sei lesbisch – selbst das hielt ihn nicht ab. Ich nehme an, es hat ihn eher angeregt. Sie redete nicht mehr mit ihm. Daraufhin bekam sie obszöne Telefonanrufe. Bis zu ihrem Tod."

„Woher wissen Sie, daß er es war?"

„Diane hatte eine Geheimnummer, die sie oft wechselte. Aber die Schule kannte immer die neueste, und Buddy hat einen Schlüssel zu jedem Schloß im Haus."

„Hat sie es je gemeldet?"

„O ja. Sie hat es der Direktorin gesagt. Hawkins stellte ihn zur Rede, aber er stritt alles ab. Mehr konnte sie nicht tun. So sagte sie jedenfalls."

„Hat Buddy einen dicken Bauch und auf dem Arm einen tätowierten Drachen?"

„Ja. Warum fragen Sie?"

„Crystal sagt, daß ein Mann, auf den die Beschreibung zutrifft, Diane eines Abends in die Bar folgte. Crystal warf ihn raus."

„Er ging ihr ständig nach. Es machte ihm Spaß, sie zu verfolgen. Sie nervös zu machen. Da ist noch etwas für Sie." Ihre Stimme wurde lauter. „Buddys Assistent, Bill Jones, sagte mir, er habe einen ganzen Stoß harte Pornos im Abstellraum gefunden. Bill brachte das Zeug sofort zu Hawkins. Er sagte, daß Buddy ihm unheimlich sei und daß die Pornos sicher ihm gehörten. Er sei der Meinung, sagte er zu ihr, daß so jemand nicht in der Nähe von Kindern arbeiten sollte."

„Und was geschah?"

„Hawkins sagte ihm, es gäbe keine Beweise, daß die Pornos Buddy gehörten. Sie verdächtigte Bill, die Hefte selbst mitgebracht zu haben – um ein schlechtes Licht auf Buddy zu werfen."

„Glauben Sie das auch?"

„Möglich ist es schon. Die beiden kamen nicht miteinander aus. Bill ist schwarz. Buddy ein fanatischer Rassist."

„Haben Sie das Zeug gesehen?"

„Bill sagte, Hawkins habe ihn angewiesen, die Hefte in den Verbrennungsofen zu werfen. Es muß wohl ziemlich schlimm gewesen sein, wenn es sogar Bill schockierte. Er war bei den Marines. Und in Vietnam. Er hat einiges gesehen. Was konnte ihn noch schockieren?"

„Kinderpornographie?" fragte ich.

„Bill wollte mir nichts erzählen. Er sagte nur immer: Es ist krank. Besser Sie wissen nichts davon."

Ich versuchte mir den pornosammelnden obszönen Anrufer vorzustellen. Wozu mochte er fähig sein? „Glauben Sie, daß Buddy Rebecca mißbraucht haben könnte?"

Ruby kratzte sich am Kopf. „Ich weiß es nicht."

„Haben Sie ihn je mit einem der kleinen Mädchen reden sehen?"

„Nein. Aber Bill hat ihn besser im Auge als ich. Bill ist in Ordnung. Fragen wir ihn. Er wird Ihnen sagen, was er weiß. Sagen Sie ihm, daß Sie mit mir befreundet sind."

„Haben Sie die Telefonnummern der beiden Männer?"

Ruby holte ein dienstliches Telefonverzeichnis von der Ablage neben dem Telefon. „Behalten Sie es. Ich kann mir in der Schule ein neues Verzeichnis besorgen. Seien Sie auf der Hut mit Buddy."

„Ich werde aufpassen."

In Wahrheit hatte ich keine Vorstellung, wie ich mich ihnen nähern sollte, aber ich wollte meinen professionellen Anschein nicht verlieren. Ich war erleichtert, daß Ruby um mein Wohlbefinden so besorgt und so hilfsbereit war. „Was ist mit Dianas Sachen geschehen?"

Sie verzog das Gesicht. „Ihr Bruder und seine Frau nahmen mit, was wertvoll war." Ihre Stimme wurde wieder bitter. „Es gab kein Testament. Sie hatten seit Jahren keine Verbindung mehr mit ihr, weil sie lesbisch war. Sie waren anständige Kirchgänger, verstehen Sie? Sie wollten nicht einmal ihre Asche – zu lesbisch verunreinigt, nehme ich an. Nur ihr Geld und ihren Schmuck. Deswegen sind alle ihre persönlichen Sachen bei mir."

„Kann ich sie sehen?"

Ruby betrachtete mich argwöhnisch. War ich zu weit gegangen? Vielleicht wurde ihr bewußt, wieviel sie mir erzählt hatte.

„Wenn es Ihnen unangenehm ist..."

„Kommen Sie mit. Die Sachen sind im Gästezimmer."

Ich folgte ihr durch den Flur in ein kleines sauberes Schlafzimmer. „Ihre Bücher sind auf dem Regal dort drüben", sagte sie.

Ich ging zu dem großen Bücherregal aus Holz, in dem Unterrichtsmaterial stand, aber auch Bücher über Geschichte, Kinderpsychologie und bekannte Romane. Auf einem Brett in halber Höhe stand ein gerahmtes Foto von Diane, glücklich und lächelnd, neben einer grünen Urne aus Porzellan. Das kleine Messingschild trug die Inschrift *Diane Marie Barrett, 1941-1983, Lehrerin und geliebte Freundin.* Daneben eine kleine Vase mit einer winzigen rosaroten Rose. Ich studierte die Fotografie.

„Ich habe das Bild im Jahr 79 bei einem Schulpicknick aufgenommen. Die Schülerinnen liebten Diane. Und ich auch.“ Sie weinte wieder. „Sie hat dem kleinen Mädchen nichts angetan.“

Ich nickte und stellte das Foto wieder auf seinen Platz. Ich war von ihrer tiefen Liebe zu Diane bewegt und beschämt, weil ich in ihre Privatsphäre eingedrungen war.

Ruby öffnete einen Schrank und zog eine Kiste heraus. „Das sind ihre persönlichen Papiere. Alte Klassenbücher, Fotoalben, Briefe. Ich habe alles in Mappen geordnet, weil ich es nicht wegwerfen konnte.“

„Ich werde ganz vorsichtig sein“, sagte ich.

Ruby saß auf dem Bett und beobachtete, wie ich behutsam die Mappen herausnahm und auf den Boden legte. Ich öffnete ein Klassenbuch und sah sofort, daß Diane eine umsichtige Lehrerin gewesen war. Sie hatte den Klassenspiegel mit verschiedenen Farben markiert und die Namen der Schülerinnen rot unterstrichen, die sie aufrufen wollte. Ich blätterte einige Bücher durch, bis ich auf Rebecca Metcalfs Ordner stieß. Sie hatte oft gefehlt, und ihre Noten schwankten von A bis F.

„Hat sie je mit Ihnen über Rebeccas Leistungen gesprochen?“

„Wir alle hatten Probleme mit diesem Mädchen“, sagte Ruby. „Rebecca war im Jahr zuvor in meiner Klasse. Sie war ein hochintelligentes, gefühlvolles Kind – äußerst sprunghaft. Jedes Jahr empfahlen ihre Lehrerinnen, sie dem Schulpsychologen vorzustellen. Hawkins nahm Kontakt mit dem Vater auf. Er sagte jedesmal, die christliche Disziplin würde ihre Probleme schon lösen.“

„Es wird Sie nicht schockieren, nehme ich an, aber Hawkins sagte mir, Rebecca sei ein normales Kind ohne größere disziplinarische Probleme gewesen.“

Ich vertiefte mich wieder in die Papiere. Diane hatte

Zeichnungen ihrer Schülerinnen aufbewahrt. Häuser, Himmel mit Sonne, Pferde, Hunde – fröhliche Farbbilder auf dickem Papier.

Zum Schluß fand ich Dianes Jahrbuch von der FCU. „Haben Sie sie damals bereits gekannt?“

„Nein“, sagte Ruby. „Ich habe sie erst in Washington kennengelernt. Ich kam ein Jahr nach ihr hierher.“

Ich blätterte Dianes Jahrbuch aus dem ersten Studienjahr durch und fand ein Foto der piekfeinen Studentinnenverbindung Chi Delta. „Diane war in einer Verbindung?“

„Ja, bis sie sie hinauswarfen. Sie wurde ertappt, wie sie in ihrem Zimmer mit einem anderen Mädchen herumturtelte. Ich glaube, am meisten störte, daß dieses Mädchen keiner anständigen Verbindung angehörte.“

Auf der nächsten Seite fand ich eine Aufnahme, die mich beinahe umhaute. Diana posierte mit einem eigenartig vertrauten Schönling auf dem Jahresball der Studentenverbindungen. Ich las die Bildunterschrift. „Ich kann es nicht glauben. Es ist Ron Blazer.“

Es war wirklich Ron Blazer, Mitglied der Sigma Phi-Verbindung. Er war leicht zu erkennen. Er trug noch immer den gleichen unvorteilhaften Topfhaarschnitt wie damals.

„Noch so ein Arschloch, das sich wie eine Klette an sie klammerte“, sagte Ruby. „Sie sind in den ersten Studienjahren miteinander ausgegangen. Ron wollte einfach nicht von ihr ablassen, auch dann nicht, als es den Skandal gab und sie aus der Verbindung hinausgeworfen wurde. Er hat sie die ganzen Jahre über verfolgt. Ich glaube, sie hat sich hin und wieder mit ihm getroffen. Sie hat sich nie ganz von ihm befreit.“

„Heiliger Strohsack!“ rief ich. „Blazer arbeitet für die *Times*. Er war der Reporter bei diesem Mord, und jetzt ist er verantwortlicher Redakteur. Er hat Diane in seinen Artikeln niedergemacht. Das ist eine Art Rache für ihn. Dieser eiskalte Hund!“

„Ich habe ihn nie mit der Presse in Verbindung gebracht. Ich brachte es nicht fertig, die Zeitungsartikel zu lesen oder die Berichte im Fernsehen anzuschauen."

Ich schüttelte den Kopf. „Ob er der Typ ist, von dem Betty Martin sprach?"

„Wer ist Betty Martin?"

„Eine Kellnerin, die früher im Crystal's gearbeitet hat. Sie hat Diane in der Mordnacht nach Hause gefahren. Dort hat ihr ein Mann aus dem Auto geholfen. Betty hat ihn sich nicht genau angesehen, weil sie Angst hatte. Aber sie erinnert sich, daß er einen Haarschnitt hatte wie einer der drei Stooges. Es muß Blazer gewesen sein. Vielleicht könnte die Polizei ihrem Gedächtnis mit einem Foto aufhelfen."

Ich stieß auf einen Stapel Briefe, der mit einem Gummiband zusammengehalten wurde. Sie waren von Blazer. Ich öffnete einen von 1982, geschrieben in einer wüsten, nachlässigen Handschrift.

Meine liebste Di, ich kann Dir nicht sagen, wie oft ich bete, Du mögest erkennen, wie sehr ich Dich liebe. Der Gedanke, daß Du ein perverses Leben dem mit einem anständigen Mann, der Dich liebt, vorziehst, verursacht mir Übelkeit. Warum erkennt dein Herz nicht, daß wir ein wunderbares Leben miteinander führen könnten? Nur mir kannst du dich anvertrauen. Wut erfüllt mich, wenn ich an all die Nächte denke, die ich ohne dich zugebracht habe. Du mußt umkehren, bevor es zu spät ist.

Der Kerl war ein echter Irrer.

„Hören Sie, Ruby", sagte ich. „Sie müssen diese Briefe sorgfältig aufbewahren. Ich weiß nicht, wozu Ron fähig ist. Sie sollten die Sachen in einem Banksafe deponieren."

„Warum?"

„Weil diese Briefe seine journalistische Glaubwürdigkeit zerstören. Sollten sie je an die Öffentlichkeit kommen, verliert er seinen Job. Weiß er, daß Sie die Briefe haben?"

„Keine Ahnung. Ich hatte nie Kontakt mit ihm."

Ich öffnete weitere Briefe von Ron. Sie waren alle ähnlich und schwankten zwischen weinerlichem Betteln und Drohungen. Und immer diese krankhafte Wut. Ein Schauder durchrann mich. „Dieser Mann ist furchterregend."

„Muß ich mir Sorgen machen?" fragte Ruby.

„Wenn er Sie bis heute nicht belästigt hat, wird er es vielleicht auch künftig nicht tun – außer er weiß, daß Sie diese Briefe haben."

Ruby nickte.

„Und aus dem Ton dieser Briefe zu schließen, scheint mir Blazer krank genug, auch die Anrufe gemacht zu haben."

***

Am Nachmittag war ich eine Stunde vor Beginn meiner Schicht in der Redaktion. Es war an der Zeit, mit dem, was ich wußte, zu Sargent zu gehen. Ich fühlte mich alles andere als siegreich. Das Tragische dieses Falles überschattete jede Freude darüber, daß Sargent sich geirrt hatte. Ich mußte ihn überzeugen, daß Blazer gegen den journalistischen Codex verstoßen hatte und die Serie gestoppt werden mußte.

Ich rief Sargent zu Hause an. Mrs. Sargent sagte mir, er sei zum Fischen nach Missouri gefahren und käme erst Dienstag zurück. Wie ich Sargent kannte, war Fischen für ihn nur der Vorwand, den ganzen Tag in einem Boot zu sitzen und Bier zu trinken. Ich bat sie, ihm auszurichten, er möge mich anrufen, sobald er wieder da war. Dann rief ich Bill Jones an. Ich stellte mich als eine Freundin von Ruby Weller vor.

Liebenswürdig fragte er: „Was kann ich für Sie tun?"

Eine Frau im Hintergrund rief: „Wer ist dran, Billy?"

„Eine Freundin von Ruby."

„Ich stelle Nachforschungen über den Tod von Rebecca Metcalf an", fuhr ich fort.

„Sind Sie von der Polizei?“

„Nein. Ich arbeite für die *Frontier City Times.*“

Seine Stimme wurde förmlich. „Wir wollten eben in die Kirche gehen, Ma’am.“

„Ich brauche nur ein paar Minuten, Mr. Jones. Ruby hat mir erzählt, daß Sie in der Schule Pornohefte gefunden haben, die Buddy Jefferson gehörten.“

„Das hat sie Ihnen gesagt?“

„Ja, Sir. War es Kinderpornographie?“

„Einiges davon ja. Der Mann fand an allem Geschmack, hauptsächlich an hartem S/M.“

„Verstehe. Glauben Sie, daß er Kinder an der Schule mißbraucht hat, insbesondere Rebecca?“

„Davon weiß ich nichts. Ich behalte den Kerl im Auge, so gut ich kann. Ich traue ihm nicht über den Weg. Ich weiß nicht, was er zu Hause treibt, aber in der Schule hätte er sich nichts leisten können.“

„Sind Sie ganz sicher?“

„Wie ich sagte, habe ich nie etwas beobachtet mit den Kindern“, sagte er. „Miss Ramirez, meine Frau und ich werden in der Kirche erwartet. Wir bringen etwas zum Picknick mit und dürfen nicht zu spät kommen. Halten Sie sich von dem Mann fern. Er ist von der üblen Sorte, glauben Sie mir.“

„Ich verstehe. Danke für Ihre Hilfe.“

Ich rief Buddy an. Seinem miesen Ruf gerecht werdend, verweigerte er sich einem telefonischen Interview und wollte mich in einem Strip-Club treffen. Wir einigten uns schließlich auf Montag, halb vier, an der Bar des Frontier Plaza-Hotels im Zentrum. Sie war hell erleuchtet und mit ehrbaren Geschäftsleuten gefüllt. Dort durfte ich mich sicher fühlen.

Kurz vor Schichtbeginn ging ich zu Terry Harris hinüber, der einzigen Frau unter den Polizeireportern der *Times*. Wir waren nie Freundinnen gewesen, aber ich kannte sie von der Journalistenschule. Sie war brünett, trug ihr Haar in schulterlangen Dauerwellen, hatte ein hübsches Gesicht, immer viel Makeup und rauchte außer Dienst eine Marlboro nach der anderen. Sie schlang ein Schinken-Käse-Sandwich hinunter und hörte nebenbei den Polizeifunk. „Hallo, Carmen", sagte sie zwischen zwei Bissen.

„Hallo, Terry, könntest du mir einen Gefallen tun und einen deiner Polizeikontakte dazu bringen, für mich nachzusehen, ob ein gewisser William Harold Jefferson, genannt Buddy, vorbestraft ist?" Seinen richtigen Namen hatte ich aus dem Verzeichnis, das Ruby mir gegeben hatte.

„Potentieller Liebhaber?" Sie notierte sich den Namen.

„Schwerlich", sagte ich.

„Nun, ich kenne ein paar, die das für mich machen würden, aber sie sind heute nicht da. Ist es sehr eilig?" Sie stopfte sich den Rest des Sandwichs in den Mund.

„Ich brauche es morgen, vor drei Uhr."

„Ich kann einen der Jungs morgen früh anrufen, wenn sie um zehn zur Schicht kommen. Wenn ich den normalen Weg gehe, dauert es bis zu einer Woche. Worum geht's denn?"

„Das kann ich dir im Moment nicht sagen."

„Was springt für mich dabei heraus?"

„Du hilfst einer Kollegin?"

„Ich glaube, das genügt nicht."

„Was willst du?"

„Eine fritierte Pastete von *Nick's*."

Nick's war eines der fettigsten Lokale der Stadt und auf Chili-Hotdogs spezialisiert. „Kriegst du."

„Gegen drei melde ich mich."

***

Montagnachmittag bereitete ich mich auf das Treffen mit Buddy vor. Ich zog mich so konservativ wie möglich an – langärmliges Hemd, bis oben hin zugeknöpft, und khakifarbene Hose. Nach längerer Diskussion war Julia bereit, während des Treffens als Wachhund zu fungieren.

Um viertel vor drei klingelte schließlich das Telefon. „Carmen, hier ist Terry. Nichts. Die Computer bei der Polizei waren zwei Stunden lang lahmgelegt. Vor vier werde ich nichts hören. Willst du die Info immer noch haben?"

„Klar. Vielen Dank, Terry."

„Tut mir leid, Carmen."

Ich überlegte meinen nächsten Schritt. Was, wenn der Kerl wirklich ein Verrückter war? Immerhin war er Pornoliebhaber. Ich hatte ihn schwer in Verdacht, obszöne Anrufe zu machen. Sollte ich fragen, ob er Rebecca Metcalf ermordet hatte? Erwartete ich, daß er ja sagte?

Andererseits kannte er meinen richtigen Namen nicht, und wir würden uns in der Öffentlichkeit treffen, mit Julia im Hintergrund, die 911 wählen würde, wenn es Probleme gäbe.

Ich mußte weitermachen.

***

Um drei wartete ich vor der Westman Hall auf Julia. Sie kam um fünf nach drei herausgehüpft. „Was hast du über den Widerling herausbekommen?"

„Nichts. Die Polizeicomputer waren zusammengebrochen."

„Carmen", sagte Julia ärgerlich.

„Los, gehen wir. Sonst komme ich zu spät."

„Ich finde, du solltest nicht gehen."

„Bitte. Ich habe die Sache voll im Griff."

„Hast du mir nicht kürzlich eine Predigt gehalten, von wegen nachts allein auf der Straße? Und jetzt willst du dich mit einem Perversling treffen?"

Da war was dran. „Julia, ich weiß, was ich tue." Leider war das nicht der Fall, aber es klang gut.

Im Zentrum parkte ich ein paar Häuserblocks vom Plaza

entfernt in einem Parkhaus, weil ich nicht wollte, daß Mr. Pervers mir folgte, wenn ich zum Auto ging, und mich über die Nummer identifizierte.

Julia und ich vereinbarten ein Signal, falls etwas schiefgehen sollte. Ich würde meine Sonnenbrille in die Brusttasche meines Hemdes stecken, wenn sie Hilfe holen sollte. Julia ging ins Foyer. Ich wartete in der Eingangshalle auf Buddy.

Plötzlich kam eine Stimme scheinbar aus dem Nichts: „Hallo, schöne Frau."

Ich drehte mich um, hinter mir stand ein fetter glatzköpfiger Mann. „Buddy?"

Er grinste schmierig. „Hier bin ich, Baby. Ganz zu Ihrer Verfügung."

Ich sah ihn entsetzt an. Er trug über seinem Bierbauch ein fleckiges Sporthemd und eine dreckige Hose. Am Arm hatte er eine Drachentätowierung. Crystals Gedächtnis!

„Nervös?"

„Nein", log ich. „Warum fragen Sie?"

„Ich mag Angst. Sie törnt mich an. Außerdem habe ich gesehen, daß Sie Ihre kleine Freundin mitgebracht haben. Stehen Sie auf einem flotten Dreier?"

Ich fühlte mich schmutzig, so wie er mich ansah. „Das Interview findet nicht statt", sagte ich mit Nachdruck.

„Oh, das bricht mir das Herz, Baby. Sie haben mich hier getroffen, und wir werden unsere kleine Verabredung durchziehen wie geplant."

„Hauen Sie ab", sagte ich.

Er legte seine Hand auf meinen Arm. Sein Griff wurde härter, und er sagte: „Sie kommen jetzt mit."

Ich hielt stand und sah mich um. Ein Mann mit einem roten Jackett stand am Empfangstresen. Buddy wollte mich wegziehen. „Hallo, Sie", rief ich.

Der Mann in der roten Jacke sah von seiner Arbeit auf und kam herüber. „Probleme?"

„Rufen Sie die Polizei“, erklärte ich. „Dieser Mann will mich gegen meinen Willen wegschleppen.“

„Unsinn“, sagte Buddy lachend. „Nur ein kleiner Streit unter Verliebten.“

Der Mann in der roten Jacke sah uns mißtrauisch an. „Wir möchten hier keine Probleme. Können Sie Ihren Streit nicht anderswo austragen?“

„Bitte rufen Sie die Polizei“, brüllte ich.

Endlich lockerte Buddy seinen Griff und sah mich spöttisch an. „Du kannst nichts beweisen, du Miststück.“ Er schlenderte davon.

Als mich jemand an der Schulter berührte, schrie ich auf.

„Carmen, beruhige dich, ich bin's“, sagte Julia. „Was ist passiert?“

„Die Sache mit Buddy ist danebengegangen.“ Ich zitterte heftig.

„Gehen wir nach Hause.“ Sie führte mich aus dem Hotel, aber ich war mir sicher, daß Buddy irgendwo lauerte. Ich stand wie angewurzelt vor dem Hotel.

„Komm, Carmen, gehen wir.“

„Ich kann nicht.“

„Hör zu, zu Hause wirst du dich gleich besser fühlen.“

Ich folgte ihr zum Parkhaus. Sie versicherte mir, daß uns niemand folgte. Ich fuhr auf verschlungenen Wegen heim. Als wir ankamen, läutete das Telefon. Julia nahm ab, redete kurz und legte auf.

„Das war Terry. Buddy Jefferson ist siebenmal verhaftet und zweimal verurteilt worden – Vergewaltigung und schwere sexuelle Übergriffe. Beim erstenmal saß er sechs Monate im Gefängnis von Frontier City, beim zweitenmal drei Jahre in McAlester. Die letzten zwanzig Jahre hat er allerdings keine Eintragungen.“

„Wie beruhigend“, sagte ich.

***

In dieser Nacht bekam ich wenig Schlaf. Vor Angst wegen des Treffens mit Buddy konnte ich mich einfach nicht beruhigen. Am nächsten Morgen peinigten mich immer noch Angst und Scham, doch es mußte etwas geschehen. Julia fuhr ins Wohnheim, nachdem ich ihr versichert hatte, daß ich mich besser fühlte. Schließlich wußte Buddy nicht, wer ich war oder wo ich lebte, ich war also sicher, sagte ich mir.

Erster Tagesordungspunkt war eine Anruf bei Dr. Hawkins. Nach einigem Hickhack mit der Sekretärin kam ich zur Direktorin durch.

„Ich muß Ihnen etwas über einen Ihrer Angestellten mitteilen. Buddy Jefferson sollte nicht in der Nähe von Kindern arbeiten."

„Ach ja, Miss Sullivan", sagte sie müde. „Und worauf gründen Sie diese Verleumdung?"

„Auf die Tatsache, daß er zweimal wegen Sexualdelikten verurteilt wurde."

Hawkins stotterte Unverständliches. Schließlich platzte sie heraus: „Woher wissen Sie das?"

„Von der Polizei. Aus dem Strafregister."

„Was wollen Sie mit dieser Information anfangen?"

„Ich bin sicher, daß es die Schulaufsichtsbehörde und die Eltern-Lehrer-Organisation interessieren wird. Ich werde dafür sorgen, daß die Kinder geschützt werden. Warum haben Sie es zugelassen, daß er weiter beschäftigt wurde, nachdem Bill Jones, sein Kollege, Pornohefte der schlimmsten Sorte im Haus gefunden hat?"

„Kein Kommentar", sagte Hawkins.

„Er ist noch immer ein sehr gefährlicher Mann. Er ist mir gegenüber aggressiv geworden. Warum lassen Sie ihn bei sich arbeiten?"

Sie antwortete nicht.

„Hat er Rebecca Metcalf umgebracht?“

Sie legte auf.

***

Bevor ich zur Arbeit ging, rief ich Ralph Sargent an. Diesmal war er zu Hause.

„Ralph, ich habe beunruhigende Nachrichten, und ich wollte nicht bis zur Arbeit warten, um Sie Ihnen mitzuteilen.“

„Machen Sie es nicht so spannend.“

Ich atmete tief durch. „Nachdem Sie mir den Fall Barrett entzogen hatten, stellte ich eigene Nachforschungen an, weil ich wußte, daß etwas faul war.“

„Gottverdammte Frechheit!“

„Moment, Ralph. Ich habe sichere Beweise dafür, daß Diane den Mord nicht begangen hat. Ich glaube, Ron Blazer hat es ihr angehängt, weil er mit ihr noch eine Rechnung zu begleichen hatte.“

„Was zum Teufel sagen Sie da? Ich kenne Ron Blazer seit Jahren. Er ist ein Profi.“

Konnte sich eine Männerseilschaft je irren? „Ralph, würden Sie einfach still sein und zuhören.“ Meine Stimme war böse. Ich würde mich nicht einschüchtern lassen und schweigen.

„Verdammt noch mal, hören Sie auf damit. Wie können Sie es wagen?“

„Ralph, wenn Sie mir nicht zuhören wollen, muß ich damit zum Herausgeber gehen.“

„Carmen, Sie können nicht einfach –“

„Wenn der Herausgeber nicht hören will, gehe ich zum *Herald*.“

Stille. Schließlich sagte er mit eigenartig gedämpfter Stimme: „Sagen Sie, was Sie zu sagen haben. Aber ich warne Sie –“

„Keine Warnungen, Ralph. Hören Sie einfach nur zu.“ Mein Herz klopfte, aber ich hatte seine Aufmerksamkeit.

Er war vollkommen still, als ich ihn ruhig und sachlich über den Fall informierte. „Jetzt haben Sie es gehört", schloß ich. „Was meinen Sie?"

„Herrgott", sagte er, wieder mit seiner herrischen Stimme. „Sie haben die Briefe gesehen, Carmen? Sie wissen, daß sie existieren?"

„Ja, Ralph. Bei meinem Job, meinem Ruf, meinem Leben."

„Sie haben Ihren Job bereits aufs Spiel gesetzt."

„Das kann ich nicht ändern", sagte ich. „Ich würde lieber als Sekretärin arbeiten als für eine verlogene Zeitung. Ich würde sogar Toiletten am Busbahnhof putzen."

„Vielleicht geht Ihr Wunsch ja in Erfüllung", sagte er. „Wo, zum Teufel, sind die Briefe?"

Ich überging seine Drohung. „Das kann ich nicht sagen."

„Warum nicht, verdammtnochmal?"

„Weil ich nicht weiß, wozu Blazer imstande ist. Er könnte gefährlich werden."

Er schwieg. „Sie sind beide auf einem Foto von einem Collegeball. Sie waren offensichtlich liiert. Eine Informantin sagte mir, daß er Diane jahrelang belästigte. Und eine Zeugin sagt, daß ein Mann, auf den die Beschreibung von Ron zutrifft, in der Mordnacht in Barretts Haus war. Er steckt bis zum Hals in der Sache."

Nach langem Schweigen sagte Sargent: „Unternehmen Sie nichts mit der Information, bis ich mich wieder mit Ihnen in Verbindung setze. Ich übernehme die Sache."

„In Ordnung, Ralph", sagte ich. „Habe ich den Job noch? Lohnt es sich für mich überhaupt noch, hinzugehen?"

„Ja, zum Teufel, kommen Sie. Wir müssen eine gottverdammte Zeitung herausbringen, Carmen." Und damit legte er auf.

***

In den nächsten Stunden versuchte ich auszuruhen – vergeblich, weil ich von Angst gepeinigt war. Konnte ich Sargent vertrauen? Würde ich meinen Job verlieren, weil ich ihn herausgefordert hatte? Würde Ruby nichts passieren? Hatte ich mich selbst in Gefahr gebracht?

Das Klingeln des Telefons riß mich aus meinen Gedanken.

„Hier spricht Rachel."

„Wie geht es dir?"

„Gut soweit. Eigentlich nicht so gut." Ihre Stimme klang seltsam und weit weg. „Es schlägt alles über mir zusammen. Ich habe es nicht mehr unter Kontrolle."

„Was?"

„Alles."

„Rachel, wo ist deine Großmutter?"

„Nicht da."

„Wo bist du?"

„In einem Motel."

„Welches Motel?"

„Das sage ich nicht."

„Warum nicht?"

„Ich kenne zu viele schmutzige Geheimnisse. Schmutzige Geheimnisse hinterlassen schmutzige Fingerabdrücke auf dem Geist."

„Rachel, was ist denn?"

„Carmen, du bist die einzige, der ich es sagen kann. Ich werde nicht mehr lange leben."

„Willst du dir etwas antun?"

Sie antwortete nicht.

„Sag mir, wo du bist. Sofort!"

Sie legte auf.

Für einen Moment erfaßte mich Panik. Dann beschloß ich, Mrs. Moffett anzurufen. Hinter mir hörte ich ein Geräusch. Erst gab es einen Lichtblitz, dann wurde alles dunkel.

***

Ich erwachte von einem schrecklichen Schmerz im Hinterkopf. Ich faßte mit der Hand an die Stelle, wo der Schmerz saß. Mein Haar war verkrustet. Eigenartig. Warum war es verkrustet? Blut. Es mußte wohl Blut sein. Ich schlug die Augen auf, mir wurde schwindlig. Immerhin konnte ich feststellen, daß ich zu Hause war. Aber es war dunkel. Welchen Tag hatten wir? Wie spät war es?

Grandma. Ich mußte Grandma anrufen. Welche Nummer hatte sie? Ich konnte mich nicht an ihre Nummer erinnern. Wenn ich nicht solche Kopfschmerzen hätte, würde ich mich an Grandmas Nummer erinnern. Schließlich war es auch meine Nummer, als ich noch bei ihr wohnte. „Eins", sagte eine Stimme. „Die Nummer ist eins."

Wie konnte Grandmas Nummer Eins sein? Das war zu kurz für eine Telefonnummer. Niemand hatte eine Eins als Telefonnummer. Und dann erinnerte ich mich. Grandmas Nummer war in meinem Telefon eingespeichert. Ich mußte lediglich die Automatiktaste drücken und dann die Eins.

Eins. Grandmas Nummer war die Eins. Ich griff zum Hörer, der neben dem Apparat lag. Ich war direkt davor hingefallen. Wie praktisch. Ich kicherte fast vor Freude, nur daß der Schmerz in meinem Kopf es unmöglich machte.

Ich drückte auf die Taste. Hörte das Freizeichen. Das Telefon funktionierte noch. O Jesus, danke.

Ich drückte die Automatiktaste. Dann die Eins. Das Telefon klingelte.

„Hallo." Es war Großmutters Stimme.

„Grandma."

„Carmen, wo bist du? Sie haben mich vor ein paar Minuten angerufen, um mir zu sagen, daß du nicht bei der Arbeit erschienen bist."

„Grandma, ich bin hier. Zu Hause. Ich bin verletzt."

„Verletzt? Mein Gott, was ist los, Carmen?"

„Jemand hat mich verletzt, Grandma. Ich weiß nicht."

„Carmen, Carmen." Sie schrie, aber ihre Stimme klang ferner und ferner. Ich konnte nicht länger wach bleiben.

9

Als ich das nächste Mal erwachte ich, befand ich mich in einem weißen Zimmer. An meinem Bett saß Grandma.

„Grandma?"

„Carmen, o Carmen." Sie weinte.

„Was ist los? Wo bin ich?" fragte ich.

„Im St. Joseph."

„Im Krankenhaus? Was ist passiert?"

Grandma schüttelte den Kopf und weinte noch heftiger. Ich faßte an meinen Hinterkopf. Da war ein Verband. Grandma stand auf und drückte einen Knopf neben dem Bett. Eine Krankenschwester kam herein.

Die Krankenschwester ging wieder, und eine andere Frau in einem Laborkittel kam. Auf ihrem Namensschild stand *Dr. Miller.* Sie bat Grandma hinaus.

„Carmen, ich bin Doris Miller. Ich bin Ärztin. Ich möchte Ihnen helfen."

„Ich weiß, daß Sie Ärztin sind. Es steht auf Ihrem Kittel."

„Gut", sagte sie.

„Grandma sagt, ich sei in einem Krankenhaus."

„Richtig. Wissen Sie, in welchem Krankenhaus Sie sich befinden?"

„Sie sagte, im St. Joseph."

„Richtig. Wissen Sie, in welcher Stadt Sie sich befinden?"

Ich überlegte eine Weile. In welcher Stadt befand ich mich? „Frontier City. Ich bin hier geboren."

„Richtig. Wissen Sie den Namen unseres Präsidenten?"

„Ronald Reagan. Aber ich verabscheue ihn."

„Und der Gouverneur?"

Der Gouverneur. „Mr. Nigh?"

„Richtig", sagte Dr. Miller.

„Warum stellen Sie mir diese Fragen?"

„Weil ich Neurologin bin, Carmen. Ich wurde gerufen, weil Sie einen bösen Schlag auf den Kopf bekommen haben. Erinnern Sie sich, welchen Tag wir heute haben?"

Ich überlegte. Welcher Tag? Montag, Dienstag, Mittwoch, Donnerstag, Freitag, Samstag, Sonntag. „Es muß mein freier Tag sein, weil ich nicht in der Redaktion bin."

„Welches sind Ihre freien Tage?"

„Sonntag und Montag."

„Heute ist Dienstag, Carmen."

Ich versuchte mich aufzusetzen, aber es ging nicht.

„Was haben Sie vor?"

„Ich sollte in der Redaktion sein. Der Chef wird toben."

„Sie wissen, daß Sie hier sind. Wir haben sie verständigt. Und Ihren Vater. Er hat mehrmals angerufen, um sich nach Ihnen zu erkundigen."

„Wo ist Julia?"

„Wer ist Julia?"

„Meine Freundin. Julia Nichols. Sie ist Studentin an der FCU. Ich will sie sehen. Kann ihr jemand sagen, wo ich bin?"

„Vielleicht kann Ihre Großmutter sie benachrichtigen."

„Grandma mag Julia nicht, weil wir lesbisch sind."

Die Ärztin zeigte keine Reaktion. „Ach so. Dann werde ich eine Krankenschwester bitten, sie anzurufen. Haben Sie ihre Telefonnummer?"

„Sie sollte jetzt im Archiv sein. Im Archiv der *Times*. Dort ist sie zu erreichen. Oder sie ist zu Hause. Sie steht im

Telefonbuch unter J. Nichols. N-I-C-H-O-L-S. Aus irgendeinem Grund kann ich mich nicht an ihre Nummer erinnern. Ist das nicht komisch?“

„Das ist bei Kopfverletzungen nicht ungewöhnlich. Ich werde die Schwestern beauftragen, sich mit ihr in Verbindung zu setzen.“ Sie beugte sich über mich und sah mich besorgt an. „Hören Sie, Carmen, die Polizei möchte mit Ihnen reden; wie es zu diesem Schlag auf den Kopf kam. Möchten Sie mit ihr sprechen?“

„Okay.“

Zwei Polizisten in Zivil kamen herein. Sie stellten sich als Kommissar David Roberts und Kommissar Joe Donaldson vor. „Wissen Sie, warum Sie hier sind?“ fragte Roberts.

„Ja, ich habe einen Schlag auf den Kopf bekommen.“

„Erinnern Sie sich, von wem?“

Ich versuchte mich zu erinnern. „Nein.“

„Ihre Großmutter berichtet, Sie hätten am Telefon gesagt, es habe Sie jemand verletzt. Erinnern Sie sich, daß Sie das gesagt haben?“

Ich machte eine weitere Anstrengung, mich zu erinnern. „Nein.“

„Wer ist Rachel?“

Ich kannte eine Rachel. „Rachel Metcalf? Was ist mit ihr?“

„Im Krankenwagen, auf dem Weg hierher, wachten Sie einen Moment auf und sagten: Rachel ist in Gefahr. Ich muß ihr helfen“, sagte Roberts.

Ich dachte angestrengt nach. Rachel war nicht in Gefahr. Ich hatte sie aus der LTU rausgebracht. Es mußte sich um einen Rückblende gehandelt haben. „Ich kann mich nicht erinnern. Wirklich nicht. Nicht jetzt.“

„Carmen, jemand ist in Ihre Wohnung eingebrochen, hat Ihnen über den Kopf geschlagen und alles durchwühlt. Und eine Nachricht auf Ihrem Tisch hinterlassen. Kommt Ihnen das bekannt vor?“

Der Kommissar reichte mir ein Blatt Papier in einer Plastikfolie. Darauf stand in Maschinenschrift: *Halt dich raus, oder du stirbst.*

„Jemand will mich einschüchtern."

„Ein Polizist in Uniform ist rund um die Uhr vor Ihrem Zimmer postiert. Sie brauchen sich keine Sorgen zu machen. Was bedeutet diese Botschaft?"

„Hören Sie, mein Kopf tut weh, und ich bin müde. Können wir später weiterreden?"

„Je mehr wir jetzt reden, desto besser sind die Chancen, denjenigen zu erwischen, der Ihnen das angetan hat."

„Ich weiß. Ich weiß", sagte ich. „Mir fällt aber im Moment nichts ein." Ich verlor wieder das Bewußtsein.

***

Um sechs wachte ich auf, mein Kopf war klar, und die Beule tat nicht mehr halb so weh. Großmutter saß noch immer in einem Sessel an meinem Bett und schlief. Ich war dankbar, daß sie da war.

Als eine Schwester hereinkam und meinen Blutdruck und Puls maß, wachte sie auf. „Wie geht es dir, Kleines?" fragte Großmutter.

„Gut. Ich kann mich an vieles nicht erinnern. Aber ich fühle mich besser. Wo sind die Katzen?"

„Noch in deiner Wohnung. Ich habe nach ihnen gesehen und sie eingesperrt. Es geht ihnen gut. Sie haben genügend zu fressen."

Um neun kam Dr. Miller vorbei und untersuchte mich. Sie sagte, ich könne nach Hause gehen, vorausgesetzt es sei jemand da, um für mich zu sorgen. Das hieß, ich mußte zu Grandma. Ferner riet sie mir, ein paar Tage auszuruhen, nicht zu arbeiten, die Wunde trocken und sauber zu halten und mich in einer Woche wieder bei ihr zu melden.

Als wir nach Hause kamen, ging ich schnurstracks ins Bad, um den Schaden zu inspizieren. Meine linke Gesichtshälfte war geschwollen. Mit Hilfe eines Handspiegels und des Badezimmerspiegels betrachtete ich die Unfallstelle. Ein weißer Tupfer bedeckte die kahle Stelle, die man mir am Hinterkopf rasiert hatte. Mein Haar war fettig verfilzt.

Das Wichtigste zuerst. Ich beschloß zu duschen. Grandmas Shampoo roch wie ein Hundepräparat, aber ich biß die Zähne zusammen.

Das Duschen war leicht, nur der Kopf war schwierig. Ich benutzte ganz wenig Shampoo, aber die Wunde brannte trotzdem. Dann trocknete ich die Haare vorsichtig mit dem Handtuch, desinfizierte die Wunde und zog mich an. „Grandma, könntest du mir einen neuen Verband anlegen?"

Sie war entsetzt. „Hast du dir etwa den Kopf naß gemacht, du dummes Ding?"

„Mein Haar war fettig. Ich mußte es waschen."

„Stolz kommt vor der Zerstörung, und Hochmut kommt vor dem Fall."

„Schaffe mir eine saubere Frisur, o Herr, und erneuere die Frisur in mir."

Sie wedelte drohend mit dem Finger. „Spotte nicht der Worte Gottes."

„Schon gut. Ich mache den Verband selbst."

„Nein, das tust du nicht, du verlorenes Schaf." Unter vielem Schimpfen legte sie den Verband an.

Ich nahm das Telefon und setzte mich damit auf das Sofa.

„Was hast du vor?"

„Ich muß ein paar Anrufe machen."

„Du sollst dich ausruhen."

„Grandma, bitte behandle mich nicht wie eine Fünfjährige. Ich muß ein paar Anrufe machen."

„Reg dich nur nicht auf dabei", befahl sie und stampfte aus dem Zimmer.

Ich rief meinen Anrufbeantworter an, um ihn abzuhören. Julia hatte zweimal angerufen und Rachel einmal: „Hilf mir bitte. Das Ende ist nahe."

Plötzlich rührte sich etwas in meinem Gedächtnis. Rachel hatte mich angerufen, kurz bevor sich alles verdunkelte. Was hatte sie gesagt? „Schmutzige Geheimnisse hinterlassen schmutzige Fingerabdrücke."

Ich rief Julia an. „Ich habe versucht, dich zu besuchen", sagte Julia. „Aber deine Großmutter und dieser Polizist stellten sich wie zwei Pitbulls vor dich. Keine Chance, hineinzukommen."

„Das glaube ich. Hör zu, ich muß hier raus. Es geht um Leben und Tod. Rachel hat zweimal angerufen. Ich glaube, sie will sich etwas antun. Gestern abend rief sie an, direkt bevor ich k.o. geschlagen wurde. Ich muß sie finden."

„Carmen, warum überläßt du das nicht der Polizei. Hast du nicht schon genug abgekriegt?"

„Ich werde Mrs. Moffett anrufen, vielleicht weiß sie etwas. Aber ich muß in meine Wohnung zurück und auf den Anruf von Rachel warten. Du mußt hier auftauchen und mir helfen, wegzukommen."

„Ich komme sofort."

Ich rief die Auskunft an und bekam die Nummer von Jeannie Moffett. „Hier spricht Carla Sullivan –"

„Hören Sie mit diesem Namen auf", sagte sie und klang mehr besorgt als zornig. „Der Hilfssheriff hat mir gesagt, Sie hätten einen spanischen Namen."

„In Ordnung. Mein Name ist Carmen Ramirez. Ich arbeite für die *Frontier City Times.*"

„Ich wußte, daß etwas nicht stimmt."

„Mrs. Moffett, Ihre Enkelin hat mich gestern abend angerufen. Ich glaube, sie will sich umbringen."

„Wo ist sie?" drängte sie.

„Das weiß ich nicht. Deswegen rufe ich Sie ja an. Sie

wollte mir am Telefon etwas Wichtiges erzählen. Ich muß mit ihr sprechen."

„Wenn Sie so um sie besorgt sind, warum rufen Sie mich erst heute an?"

„Mrs. Moffett, ich bin an Ihren Familienproblemen nicht schuld. Als ich Sie gestern nachmittag anrufen wollte, drang jemand bei mir ein und schlug mich nieder. Ich war stundenlang ohnmächtig und komme eben aus dem Krankenhaus."

Es entstand eine Pause. „Tut mir leid."

„Aus irgendeinem Grund hat Ihre Enkelin Vertrauen zu mir und will mir etwas mitteilen. Ich glaube, Sprechen würde sie beruhigen. Haben Sie eine Ahnung, wo sie sein könnte?"

„Nein, die Männer des Sheriff suchen sie bereits."

„Können Sie mir einen Hinweis geben? Sie sprach etwas von schmutzigen Geheimnissen, die schmutzige Fingerabdrücke hinterlassen. Wissen Sie, was sie damit sagen will?"

„Sie klingt wie ihre Mama. Sie haben es erkannt."

„Was erkannt?"

„Meine Tochter hat sich umgebracht", sagte sie stoisch. „Sie ist mit diesem Metcalf weggelaufen. Wollte ihn unbedingt. Ließ sich nicht davon abbringen. Hat mit neunzehn geheiratet. Selbstmord mit fünfundzwanzig. Tablettenvergiftung. Wir schafften es, die Sache der Presse zu verheimlichen, bis Sie daherkamen. Ich weiß heute noch nicht, was mit ihr schiefgelaufen ist."

„Es tut mir leid", sagte ich.

„Das hilft mir auch nicht."

„Ich weiß", sagte ich. „Weiß Rachel, wie ihre Mutter starb?"

„Nein. Wir haben es beiden Mädchen verheimlicht."

„Ich verstehe", sagte ich. Vielleicht hatte sie die Wahrheit über den Tod ihrer Mutter herausgefunden.

„Machen Sie Rachel ausfindig, wenn Sie können."

„Ich werde mein Bestes tun, Mrs. Moffett."

***

Eine halbe Stunde später erschien Julia mit einem Blumensträußchen. Grandma öffnete die Tür, wollte aber nicht mir ihr reden.

„Hallo, Julia“, sagte ich. „Lange nicht gesehen.“

Julia nickte nervös und überreichte meiner Großmutter die Blumen. „Die sind für Sie, Mrs. Sullivan.“

Grandma starrte erst mich an, dann Julia. Dann riß sie Julia die Blumen aus der Hand und stapfte in die Küche. Ich ging ihr nach. Sie beugte sich gerade über den Abfalleimer.

„Was machst du da?“

„Ich werfe die Blumen weg. Sie sind voller Ungeziefer.“

„Warum machst du so etwas?“

„Ich habe es dir gesagt – sie sind voller Ungeziefer.“

„Grandma, du weißt, das das nicht stimmt.“

„Ich bin also eine Lügnerin?“

„Ich gehe“, sagte ich.

„Ich hätte es wissen müssen.“

„Grandma, Julia ist mir wichtig. Kannst du nicht wenigstens höflich sein?“

„Warum? Sie ist deine Freundin, nicht meine.“

„Ich muß mich um bestimmte Dinge kümmern, und das kann ich nicht von hier aus. Bitte versteh mich.“

Sie drehte mir den Rücken zu. „Ich weiß, worum du dich kümmern mußt. Alles und jede, außer mir, deiner Großmutter, die dich aufgezogen hat. Wenn du dabei umkommst, ist es nicht meine Schuld.“

***

Von Grandmas Haus bis zu meiner Wohnung war es nur eine Meile, aber obwohl Julia mich stützte, schaffte ich den Weg nur mit Mühe. Als wir in die Wohnung kamen, schmerzte mein Kopf, und mir war komisch im Magen.

Der Anblick überraschte mich. Die Zimmer waren freundlich, sauber und voller Blumen. Nur ein mit Brettern vernageltes Fenster erinnerte an den Einbruch am Tag zuvor. Die Katzen begrüßten mich an der Tür.

„Wo ist die ganze Unordnung geblieben?“ fragte ich.

„Mr. Braun hat sich um das Fenster gekümmert. Ich mich um das Blut und die Unordnung. Die Riesenbeule an deinem Hinterkopf hat viehisch geblutet.“

„Vielen Dank“, sagte ich. „Ach übrigens, wirst du hierbleiben, als mein Babysitter?“

„Selbstverständlich“, antwortete sie. „Du kannst beruhigt sein.“

Ich inspizierte die Blumenbouquets – sie kamen von Julia, Raúl, Sargent und Gruber. Die Katzen hatten viel Spaß damit. Ich rief Sargent zu Hause an und informierte ihn über mein Befinden.

„Sie brauchen wirklich nicht zu kommen“, sagte er. „Nehmen Sie einfach den Rest der Woche frei. Ich möchte Sie in Hochform wiedersehen.“

Sargent und nett? Das sah ihm gar nicht ähnlich. „Haben Sie mit Blazer gesprochen?“

„Ja. Er behauptet, Ihre Geschichte sei frei erfunden. Ich habe mich mit Ned Foxworth in Verbindung gesetzt.“

Der Chefredakteur der *Times*. „Was hat er gesagt?“

„Die Serie ist gestoppt, bis Sie wieder da sind. Wir müssen Ihre Beweise sehen. Ich muß Ihnen sagen – Ron ist nicht glücklich darüber.“

„Danke für die Warnung.“

„Carmen, schonen Sie sich, wir reden später darüber.“

***

Am Nachmittag kamen die Kommissare, um mich zu befragen. Sie hatten in der Zwischenzeit herausgefunden, daß ich die Polizei wegen des Drohanrufs benachrichtigt hatte, und die Nachbarn befragt, wenn auch ohne Erfolg. Niemand hatte etwas Verdächtiges gesehen. Auf meine Bitte hin vernahmen sie Buddy Jefferson, der aber für den ganzen Dienstag ein Alibi hatte. Er hatte tagsüber in der Schule gearbeitet und den Abend mit Freunden in einer Striptease-Bar verbracht. Die Kommissare wollten mich auf dem Laufenden halten und öfter den Streifenwagen am Haus vorbeifahren lassen.

***

Donnerstagnachmittag hatte ich immer noch nichts von Rachel oder Mrs. Moffett gehört. Um drei klingelte schließlich das Telefon. Am anderen Ende wurde nur geatmet.

„Wer ist dort?“

„Carmen? Hier ist Rachel.“

„Rachel, du lebst, Gottseidank. Wo bist du?“

„Frontier City.“

„Wo?“

„Wo warst du, Carmen? Ich habe dich gebraucht.“

„Ich war verletzt. Ich bin Dienstagabend ins Krankenhaus gebracht worden. Aber es geht mir besser, und ich bin zu Hause. Wo bist du?“

„Ich muß mit dir reden.“

„Sag mir, wo du bist, und ich komme.“

„Versprich mir, daß du allein kommst.“

„Das verspreche ich.“

„Ich bin im Economy Inn, im Osten der Stadt, direkt an der I-44. Zimmer zweiundvierzig.“

„Ich komme so schnell wie möglich.“

Julia war wütend. „Du sollst dich ausruhen.“

„Ich muß wissen, was Rachel mir mitteilen will.“

„Du hattest eine Gehirnerschütterung. Du gehst nicht ohne mich", sagte sie.

„Darüber streite ich nicht", sagte ich.

Zwanzig Minuten später sah ich das orangefarbene Dach des Economy Inn, eines preiswerten, älteren Motels, das von Fernfahrern und sparsamen Touristen frequentiert wurde. „Du bleibst besser im Auto", sagte ich zu Julia. „Sie will, daß ich allein komme."

„Gut", sagte Julia.

„Rachel, ich bin's, Carmen." Ich klopfte an die Tür von Nummer zweiundvierzig. Keine Antwort. Ich wollte schon den Herrn vom Empfang holen, als Rachel endlich auf mein Klopfen reagierte. Sie sah schlimm aus; ihr kastanienbraunes Haar fettig, Hose und T-Shirt zerknittert. Sie roch, als habe sie tagelang nicht gebadet. Sie schien mich kaum zu erkennen. Ihre rauchgrauen Augen waren glasig.

„Hallo, Kleines, wie geht's?"

„Gut", sagte sie steif.

„Du weißt, wer ich bin?"

„Ja. Carmen."

„Richtig. Erinnerst du dich, warum du mich gerufen hast?"

„Ja."

„Darf ich reinkommen?"

Sie führte mich ins Zimmer. Die Vorhänge waren zugezogen, und der Fernseher, der stumm vor sich hin flimmerte, war die einzige Lichtquelle. Sie setzte sich auf eines der beiden breiten Betten und ich mich auf einen Stuhl.

„Was ist es? Sag es mir. Was sind die schmutzigen Geheimnisse?"

„Es ist fast unmöglich, irgend etwas zu empfinden." Sie schaukelte auf dem Bett vor und zurück.

„Nimmst du was ein?"

„Verschrieben vom Psychiater."

„Hast du zuviel genommen?"

„Ich weiß nicht", sagte sie emotionslos.

„Du mußt nichts erzählen, wenn du nicht willst. Möchtest du mit jemandem reden?"

Sie antwortete nicht, starrte ins Nichts und wiegte sich.

„Geht es um den Tod deiner Mutter?"

„Was ist mit dem Tod meiner Mutter?"

Sie wußte nichts von dem Selbstmord. „Rachel, ich verstehe nicht, warum du mich gerufen hast."

„Du hast mich da rausgeholt. Ich kann dir vertrauen, nicht wahr?"

„Du kannst mir vertrauen. Sag mir, was es ist."

„Daddy", flüsterte sie.

„Möchtest du es deinem Vater erzählen?"

„Nein", sagte sie mit Nachdruck.

„Was dann?"

Rachel sah mich an. Ich merkte, daß die Tabletten nicht den ganzen Schmerz betäubt hatten. „Daddy hat Sachen gemacht. Mit mir und Rebecca. Schmutzige Sachen."

Oh, mein Gott, Inzest. „Er hat angefangen, als wir noch ganz klein waren. Ich kann mich nicht an viel erinnern. Es ist, als hätte ich diesen Teil von mir verloren. Ich war manchmal nicht in meinem Körper, verstehst du?"

Ich verstand nicht, aber ich nickte.

Rachels Hände krallten sich in den Bettüberwurf. „Bevor sie – bevor sie starb, sagte mir Rebecca, daß er jetzt mit ihr, nun, du weißt schon – Verkehr haben wollte. Er hat so ein Gummiding bei ihr benutzt, und es tat weh. Du weißt schon. Wie ein Sexspielzeug. Er hat eine ganze Schachtel davon."

Du lieber Gott.

Ihre Stimme blieb leise und ihr Gesicht unbewegt. Nur ihre Hände verkrallten sich wütend und verrieten ihren Schmerz. „Er nannte uns seine kleinen Ehefrauen. Wie Lots Töchter, sagte er. Er bekam immer, was er wollte. Er konnte gemein sein oder nett, Daddy setzte sich immer durch."

Das Entsetzen verschlug mir die Sprache, aber ich versuchte, ein neutrales Gesicht zu machen.

„In der Nacht, bevor sie starb, sagte Rebecca, daß sie Hilfe suchen wollte. Sie sagte, sie würde zu ihrer Lehrerin gehen. Sie hatte Miss Barretts Adresse herausgefunden, als sie im Büro der Direktorin war. Sie mußte nachsitzen, verstehst du? Rebecca stöberte im Schreibtisch, als die Direktorin nicht im Zimmer war. Sie war ein tapferes kleines Mädchen." Tränen rannen über Rachels Gesicht. „Als sie an diesem Tag aus der Schule kam, nahm Daddy sie mit in sein – sein Schlafzimmer." Sie seufzte. Ihr Schaukeln wurde heftiger. „Dann ging sie in ihre Musikstunde. Nur daß sie dort nicht angekommen ist. Der Musiklehrer rief an. Deswegen hat Daddy mich gefragt, wo Rebecca sei. Du kannst dir nicht vorstellen, wie es war", sagte sie schweratmend. „Er wurde grob. Ich habe mich widersetzt, so lange ich konnte. Aber dann wurde er brutal. Er kniff mich. Am ganzen Körper, verstehst du, überall." Sie hieb mit der Faust auf das Bett. „Er brachte mich zum Sprechen. Daß sie zu Miss Barrett gegangen war. Dort hat er sie gefunden. Als er zurückkam, sagte er, Rebecca sei tot, und ich würde es auch sein, wenn ich jemandem davon erzählte. Ich glaubte ihm." Schmerz und Scham über die jahrelange Tortur überwältigten sie. Sie brach zusammen und schluchzte hemmungslos.

Ich war wie betäubt. „Rachel, ich glaube, du solltest in ein Krankenhaus gehen."

„Du glaubst mir nicht", sagte sie.

„Doch, ich glaube dir. Aber ich weiß auch, daß du sehr krank bist und nicht allein sein kannst. Mißbrauch hinterläßt tiefe Verletzungen. Du solltest in Behandlung gehen."

Rachel sagte: „Bring mich nur nicht nach Vinewood."

„Warum nicht?"

„Ich hasse es. Nur Medikamente. Ich fühlte mich wie tot."

„In Ordnung", sagte ich.

***

Julia und ich brachten Rachel in die psychiatrische Klinik von Frontier City. Vom Krankenhaus rief ich ihre Großmutter an.

„Sie haben sie gefunden?“ sagte Mrs. Moffett.

„Ja. Ich habe sie hier in Frontier City in die Psychiatrie gebracht. Sie war im Economy Inn.“

„Wie geht es ihr?“

„Ihr Zustand ist ziemlich schlecht. Ich denke, Sie sollten kommen und dafür sorgen, daß ihr Vater keinen Kontakt mit ihr aufnimmt.“

„Warum?“

„Rachel sagte, daß es viel Mißbrauch gegeben habe.“

„Was für Mißbrauch?“

„Wappnen Sie sich. Extremer sexueller Mißbrauch. Beider Mädchen.“

„Sexueller Mißbrauch?“

„Das hat mir Rachel gesagt.“

„Ich glaube es nicht“, sagte sie mit leiser Stimme.

„Rachel hat es mir so erzählt, Mrs. Moffett. Wer hat veranlaßt, daß sie nach Vinewood kam?“

„Ihr Vater.“

„Sie wollte unter keinen Umständen wieder dorthin. Sorgen Sie dafür, daß sie nicht nach Vinewood gebracht wird. Ja?“

„Ja, natürlich.“

„Wie heißt ihr Psychiater?“

„Dr. Nelson Phillips, Chef der Psychiatrie dort.“

„Verstehe“, sagte ich. „Nun, jetzt ist sie sicher. Ich muß mich noch um einiges andere kümmern.“

„Danke, daß Sie sie gefunden haben, Carmen.“

Anschließend rief ich das Vinewood-Hospital an und fragte nach der psychiatrischen Abteilung. Ich sprach mit einer sehr gesprächigen Frau namens Sandy. „Wer leitet die Abteilung?“

„Dr. Nelson Phillips“, sagte Sandy.

„Und wo hat er sein Examen gemacht?“ fragte ich.

„Momentchen. Das muß ich nachsehen.“

Sekunden später kam Sandy mit der Information zurück. „Dr. Nelson Phillips hat seine Prüfungen an der medizinischen Fakultät der Lovell Taft-Universität abgelegt.“

Auf dem Rückweg zu meiner Wohnung diskutierte ich mit Julia über den Fall.

„Ihr Psychiater kommt von der LTU und ist wahrscheinlich ein enger Freund des Reverend. Ich vermute, er hat sie seit dem Mord ruhig gestellt – mit Medikamenten“, sagte ich.

„Dramatisierst du nicht ein bißchen, Carmen?“

„Ich glaube nicht. Metcalf scheint über viel Geld zu verfügen. An dem Sonntag, als ich in seiner Kirche war, stand im Kirchenblatt, daß sie in einer Woche fünfunddreißigtausend Dollar eingenommen haben. Ich glaube, er hat genug Geld, um zu kaufen, wen immer er möchte.“

„Aber das Geld gehört der Kirche, nicht ihm.“

„Mit Geld ist alles möglich. Ich denke, daß wir unsere Informationen an die Polizei weitergeben sollten.“

„Da bin ich ganz deiner Meinung.“

Als wir ins Haus kamen, läutete das Telefon.

Die Stimme war männlich, guttural und bedrohlich. „Wir haben Ihre Großmutter. Kommen Sie in einer halben Stunde zum Parkplatz am alten Güterbahnhof, wenn Sie sie je wieder lebend sehen wollen. Verschwenden Sie keinen Gedanken an die Polizei. Bevor die eintrifft, ist sie tot.“

„Verdammter Mist.“ Ich rief sofort meine Großmutter an. Keine Antwort.

„Scheiße“, sagte ich. „Sie ist nicht da.“

„Carmen, wir müssen die Polizei rufen. Es ist offensichtlich eine Falle.“

„Nein.“

„Du bist unlogisch.“

„Ich gehe." Ich rannte zur Tür.

„Warte", sagte Julia. „Ich komme mit."

Wir kamen zum Haus meiner Großmutter. Ihr Wagen stand in der Auffahrt, und alles sah normal aus, bis wir zur Hintertür kamen. Sie stand offen. Ich rannte ins Haus. „Grandma?" rief ich. Sie war weg. „Ich glaube, wir müssen nach ihrer Pfeife tanzen", sagte ich ins leere Wohnzimmer.

Ich blickte zum Sims über ihrer Kaminattrappe. Da standen Fotos: von mir als Baby auf dem Schoß meiner rothaarigen Mutter; mein Großvater, pfeiferauchend in seinem Sessel; Onkel Buster mit gefangenen Fischen; Buster und meine Mutter als Jugendliche, wie sie vierhändig auf dem Klavier spielen. „Julia, was soll ich tun?"

„Kannst du mich zu mir fahren? Ich muß etwas holen."

„Jetzt?" fragte ich verzweifelt.

„Jetzt." Julia war fest entschlossen.

***

Wir fuhren zur Smith Hall. Wir fuhren erheblich zu schnell, aber es war mir egal. Ich hielt vor dem Eingang, und Julia rannte hinein. In weniger als zwei Minuten war sie zurück. Sie trug einen langen Segeltuchbehälter.

„Was ist das – ein Billardstock?" fragte ich verwirrt.

„Ich bin bewaffnet", sagte sie und öffnete das Behältnis. Es enthielt ein sehr langes Gewehr."

„Was ist denn das?" fragte ich entsetzt.

„Das Jagdgewehr meines Großvaters. Dad schenkte es mir zur Abschlußprüfung."

„Kannst du damit umgehen?"

„Ich bin aus Arkansas. Pistolen, Gewehre, Flinten, Armbruste. Such dir was aus, ich schieße damit."

„Schon mal was getroffen?"

„Zielscheiben, Flaschen, Wassermelonen."

„Hoffen wir, daß wir von Wassermelonen angegriffen werden."

Wir rasten zu dem aufgelassenen Depot – Julia, ich und die lange Flinte. Schade, daß Clint Eastwood nicht dabei war.

***

Wir hatten einen Plan. Keinen sonderlich raffinierten, aber einen Plan. Julia sollte aussteigen, bevor wir zum Depot kamen, und mir aus der Ferne folgen. Sobald ich ihr das Signal gab, daß ich wußte, wo Grandma war, sollte sie auf der Bildfläche erscheinen, schießen, wenn nötig, und schreien, die Polizei sei unterwegs. Ein Plan von der Art, die nur in einem Kinofilm mit Charles Bronson funktionierte.

Ich setzte sie an einer waldigen Stelle ab. „Findest du dich zurecht?"

„Klar, Carmen. Mach dir keine Sorgen um mich. In den Wäldern bin ich wie zu Hause."

„Gut, Schätzchen. Falls ich aus der Sache nicht lebend herauskomme, will ich dir nur sagen, ich liebe dich. Und wenn du uns nicht retten kannst, dann rette dich."

„Ich liebe dich auch."

Wir küßten uns. Sie hüpfte aus dem Auto, ich fuhr weiter.

***

Ich wartete mit laufendem Motor. Mein Herz war voller Gedanken an Julia: an ihre Liebe zu mir, ihren Mut, ihre Bereitschaft, für mich und Grandma ihr Leben aufs Spiel zu setzen. Es gab soviel, was ich ihr sagen wollte. Und dann dachte ich an meine Grandma, die einzige Mutter, die ich je hatte. Eine dickköpfige, haßerfüllte, tyrannische Frau, die ich über alles liebte. „Bitte, lieber Gott", flüsterte ich. „Bring uns lebend aus dieser Sache heraus."

In dem Moment rollte ein schwarzer Lincoln Continental neben meinen Honda. Das Fenster öffnete sich. Metcalf saß am Steuer, neben ihm Blazer. Grandma war nirgends zu sehen.

„Steigen Sie ein“, sagte Metcalf.

Was ging hier vor, verdammt? Blazer und Metcalf? Dann dämmerte mir, daß die Botschaft hieß: „Wir haben deine Großmutter.“

„Wo ist sie?“

„Gesund und munter“, sagte Metcalf mit zittriger Stimme. Seine Augen waren nervös und unsicher, seine Haartolle zerzaust.

„Wenn ich einsteige, werden Sie mich irgendwo hinbringen und töten. Lassen Sie meine Großmutter frei.“

„Niemand wird Ihnen oder Ihrer Großmutter etwas tun“, sagte Metcalf.

„Natürlich nicht“, ergänzte Blazer. „Wir haben nur eine Kleinigkeit zu regeln.“

„Was wollen Sie, Blazer?“

„Die Briefe, die ich Diana geschrieben habe.“

„Die habe ich nicht.“

„Das weiß ich.“

Sie waren es also, die mich ohnmächtig geschlagen und die Wohnung durchwühlt hatten.

„Wo sind sie?“ wollte er wissen.

„Außerhalb Ihrer Reichweite“, sagte ich und hoffte, daß Ruby sie in einen Banksafe gebracht hatte.

„Carmen, wir kriegen die Information aus Ihnen heraus, so oder so. Wir haben Ihre Großmutter.“

„Sie werden nicht ungeschoren davonkommen. Zu viele Leute wissen davon. Sie vergessen Rachel. Sie lebt noch und ist bereit, über den Mißbrauch zu sprechen“, sagte ich.

„Was hat sie Ihnen erzählt?“ fragte Metcalf in Panik.

„Alles. Auch von Ihrer Schachtel mit Sexspielzeug. Und

wenn sie es mir gesagt hat, wird sie es auch anderen sagen. Der Polizei zum Beispiel.“

„Nur die Ruhe, Reverend. Das werden wir verhindern“, sagte Blazer.

„Sie ist im Krankenhaus. Und nicht im Vinewood. Unerreichbar für Sie.“

„Mit dem Reverend und seinem Geld erreichen wir sie jederzeit. Es gibt immer einen unterbezahlten Krankenpfleger, der bestochen werden kann. Danke für die Information“, sagte Blazer. Er wandte sich an den Geistlichen. „Hol sie aus dem verdammten Auto raus, Pastor.“

Metcalf nickte. Ich hörte, wie die Wagentür aufgemacht wurde. Ich legte den ersten Gang ein und schoß über den Parkplatz, weg von dem Lincoln. Ich wendete den Honda, gab Gas und zielte direkt auf ihr Auto. Endlich kapierte Metcalf, stieg hastig in seinen Wagen und wollte ausweichen. Ich schaffte es, mit der ganzen Kraft, die der kleine Honda hergab, den Kühler des Lincoln zu rammen. Der Stoß war gewaltig. In meinem Auto war der Kamikazegeist erwacht.

Ich riß die Tür auf und rannte zum Wald. Als Metcalf versuchte, sein Auto zu wenden, hörte ich Metall krachen und ächzen. Ich hatte es hoffentlich ruiniert.

Keuchend duckte ich mich hinter einige Büsche und beobachtete den Platz. Blazer stieg auf der Beifahrerseite aus und rannte in den Wald, weg von meinem Versteck.

„Ron, komm zurück“, rief Metcalf und stieg aus. Eine Weile stand er einfach da. Dann rief er: „Carmen, ich habe immer noch Ihre Großmutter.“ Er ging zum Kofferraum und öffnete ihn. „Sie ist hier. Ich glaube, Sie haben sie umgebracht.“

In dem Moment fiel ein Schuß, und Metcalf brach zusammen. Ich fürchtete das Schlimmste und raste hinter den Büschen hervor zum Auto. Metcalf krümmte sich auf dem Boden. Sein Hemd war blutgetränkt. Er war an der Schulter getroffen. Neben ihm lag ein Gewehr.

Julia kam aus dem Wald gelaufen. „Nimm ihm die Flinte weg“, warnte sie. „Keine Bewegung“, befahl sie Metcalf und hielt ihm ihren Schießprügel an den Kopf.

Ich nickte, hob die Flinte auf und beugte mich über ihn. „Wo ist meine Großmutter, du dreckiger Hund?“

Er stöhnte, gab aber keine Antwort.

Ich stieß ihm den Lauf der Flinte in die Wunde.

Metcalf schrie vor Schmerzen. „Auf dem Rücksitz.“

„Paß auf ihn auf, Julia.“

Ich öffnete die hintere Tür des Wagens, und da lag, Gesicht nach unten und mit Isolierband gefesselt, meine Großmutter. Sie stöhnte und zerrte heftig an ihren Fesseln. Sie war unverletzt.

„Sie lebt“, rief ich Julia zu. „Sie ist gefesselt. Ich glaube, ich kann sie so nicht rausbringen. Ich brauche ein Messer.“

„Carmen“, sagte Julia. „Geh an sein Autotelefon und ruf die Polizei. Er verliert Blut. Kanal 9.“

„Grandma, gleich holen wir dich hier raus“, versicherte ich ihr.

***

Als sich die Sirenen näherten, kam von Metcalf ein Geräusch, und ich beugte mich über ihn. Er weinte. Er glaubte wohl, sterben zu müssen. Ich beschloß, ihn darin zu bestärken. „Sie haben eine Menge Blut verloren, Metcalf. Vielleicht schaffen Sie es nicht mehr.“

„Ich will nicht in der Hölle brennen.“ Sein Gesicht war weiß vor Angst.

„Möchten Sie Ihr Gewissen erleichtern?“

„Ich wollte sie nicht umbringen. Ich wollte sie nur zurückhaben. Sie forderte mich immer wieder heraus. Ich schlug sie fester, als ich eigentlich wollte. Sie fiel gegen den Tisch, und dann war überall Blut. Blazer erschien kurz darauf. Ich weiß nicht, woher. Vielleicht hat ihn der Teufel geschickt. Er sagte, er würde mir helfen. Er sagte mir, was zu tun war. Er befahl mir, alle Stellen, die ich berührt hatte, abzuwischen. Er sagte, er würde sich um die Vernichtung des Tagebuchs kümmern. Rebecca hatte es dabei und wollte es der Lehrerin zeigen. Sie hatte alles aufgeschrieben, was ich ihr angetan hatte. Er hat das Tagebuch aber nicht zerstört."

Metcalf schluckte heftig und verzog das Gesicht vor Schmerzen. „Er hat mich jahrelang erpreßt. Hunderttausende von Dollar. Ich bezahlte ihn als geistlichen Berater. Er hat die Sache der Lehrerin in die Schuhe geschoben und sie fertiggemacht, daß sie ihre Unschuld nie würde beweisen können – wegen ihrer Trinkerei und der Homosexualität. Und dann diese Zeitungsartikel geschrieben. Ich wußte nicht, daß sie sich das Leben nehmen würde. Blazer haßte sie und wollte sie ruinieren. Daran bin ich nicht schuld, oder?"

Ich sagte nichts.

Er sah mich flehentlich an. „Sie verstehen, nicht wahr? Ich habe soviel Blut an meinen Händen. Rebecca war meine Tochter. Ich wollte sie nicht umbringen. Herr Jesus, bitte vergib mir." Er war ein Bild des Jammers. Einen Moment tat er mir fast leid.

Innerhalb von Minuten waren wir von einem Dutzend Polizeiautos umringt.

Zu allererst nahmen die Cops Julia und mir die Waffen ab. Ich berichtete ihnen von Blazers Flucht.

„Ist er bewaffnet?" fragte ein Polizist.

Ich ging nicht davon aus, daß der Obermanipulator an Gewalt Geschmack fand. „Das weiß ich nicht", antwortete ich. „Aber Sie sollten sich um Ruby Weller kümmern. Vielleicht ist er hinter ihr her."

Er wollte eine Polizeistreife bei ihr vorbeischicken. Als er wegging, winkte ich einem anderen Cop. „Meine Großmutter", sagte ich. „Sie liegt auf dem Rücksitz."

„Bleiben Sie hier“, befahl er.

„Sie hat die Hölle erlebt. Ich will bei ihr sein“, sagte ich.

Der Polizist schnitt Grandmas Fesseln auf. Ihr Knebel kam zum Schluß an die Reihe. Ich half ihr, sich aufzusetzen. Ich bemerkte, daß ihr Mund blutverschmiert war. „Haben sie dich geschlagen? Bist du verletzt, Grandma?“

Schließlich sagte sie: „Ich habe einen dieser Hunde gebissen, als er mir den Knebel hineinstopfte, und dem anderen trat ich in die Eier.“

***

Als der Krankenwagen kam, weigerte sich Grandma, mitzufahren, aber ich bestand darauf.

Sie hatte ein paar Beulen und Schürfwunden und eine angebrochene Rippe, aber sonst ging es ihr gut. Ich hatte eine Prellung am Knie und eine am Ellbogen, die am nächsten Tag schon nicht mehr schmerzten. Metcalf hatte eine zerschmetterte Schulter und eine Bißwunde an der Hand. Er würde leben – im Gefängnis, hoffte ich.

10

Für die nächsten Wochen wurde ich aus der Schlußredaktion abgezogen und Jeff Green zugeteilt, um den Fall Metcalf zu bearbeiten. Green war nett und pragmatisch genug, das hinzunehmen. Seine Polizeikontakte erleichterten den Zugang zu Informationen. Mir machte es nichts aus, mit ihm zusammen als Autorin genannt zu werden. Die Wahrheit kam heraus. Teilweise zumindest.

Nach seiner Entlassung aus dem Frontier City Hospital wurde Metcalf ins Frontier City-Gefängnis verlegt und des Mordes, der Geiselnahme, gemeinsamer Entführung, Überfall, Körperverletzung, Inzest, Kindesmißbrauch und schweren Diebstahls angeklagt. Die Polizei fand Beweise dafür, daß Metcalf Kirchen- und Universitätskonten geplündert hatte und zwar in Millionenhöhe. Die Ermittler stellten mit Hilfe der Bankauszüge fest, daß zumindest ein Teil des Geldes dafür aufgewendet wurde, Nelson Phillips, seinen alten Schulkameraden, zu bezahlen, damit er Rachel mit starken Medikamenten ruhig hielt. Ferner hatte Metcalf Blazer für eine halbe Million Dollar als Werbemanager der Gemeinde angestellt. Er leistete sich die besten Anwälte des Bundesstaates und plädierte auf Freispruch – wegen Unzurechnungsfähigkeit.

Die Staatsanwaltschaft bestellte eine der besten Anklägerinnen, die junge, ehrgeizige, intelligente Gloria Ford, für diesen Fall.

Nach Blazers Flucht hatten ihn die Cops am frühen Morgen des nächsten Tages in der Nähe der Grenze zu Texas gefunden. Er war zum Auto zurückgehinkt – dank Grandmas gutplaziertem Fußtritt – und nach Süden gefahren. Die Bezirkssherrifs von Bryan County fingen ihn auf einer Landstraße fünfzehn Meilen vor dem Red River ab. Er wurde in das Frontier City-Gefängnis gebracht und wegen Beihilfe zum Mord, Strafvereitelung, Erpressung, Geiselnahme und Überfall angeklagt. Er beteuerte seine Unschuld, es ging das Gerücht, daß die Staatsanwaltschaft auf *lebenslänglich* verzichten wollte, wenn er in der Mordsache als Kronzeuge aufträte.

Von Phillips hörte man zuletzt, daß er sich nach Rio de Janeiro abgesetzt hatte. Wenn und falls er je zurückkäme, müßte er mit einem Strafprozeß rechnen und einer Anhörung vor der Bezirksärztekammer, wegen Rachels Behandlung, die er über Jahre hinweg fast bis zur Bewußtlosigkeit unter Drogen gehalten hatte.

Der Schulrat Richard Farmer kündigte eine Konferenz an mit dem Ziel, alle Hindernisse aus dem Weg zu räumen, die das Schulpersonal davon abhalten konnten, den Verdacht auf sexuellen Mißbrauch an Schülerinnen und Schülern zu melden. Ruby und ihre Kolleginnen und Kollegen verzichteten auf eine Anzeige gegen Dr. Hawkins, die versäumt hatte, ein psychologisches Gutachten über Rebecca einzuholen. Buddys Vorstrafen waren ihr nicht bekannt gewesen. Das Schulpersonal wurde vom Bezirk eingestellt, nicht von der Direktorin, deshalb behielt sie ihren Posten.

Buddy wurde sofort entlassen. Nachdem er seine Arbeit verloren hatte, fing er an, mich anzurufen und zu bedrohen. Ich zeigte die Anrufe bei der Polizei an, und diesmal waren sie nicht nur bereit, sich die Sache anzuhören, sie legten auch eine Fangschaltung. Buddy wurde wegen terrorisierender Drohungen angeklagt. Bei einem Freigang aus der Untersuchungshaft entfloh er und wurde polizeilich gesucht.

Wegen meiner Beschwerde gegen den Polizisten Clyde Davis, einer vergleichsweise unwichtigen Angelegenheit, kam es zu einem Entschuldigungsbrief. Er bat mich wegen Verunglimpfung von Spaniern um Verzeihung. Darüber mußte ich dann doch lachen.

***

In der Redaktion klingelte mein Telefon.

„*Times,* Carmen Ramirez."

„Hallo", sagte die Stimme. „Hier spricht Lovell Taft." Der Klang war unverwechselbar – herrisch, drängend und doch sanft.

„Reverend Taft", sagte ich. „Danke für den Rückruf."

„Was kann ich für Sie tun?"

„Ich habe ein paar Fragen über den Fall Metcalf. Wie stehen Sie zu der Klage gegen Bobby Ray?"

„Kein Kommentar."

„Was halten Sie von dem Vorwurf, er habe Gelder der Universität veruntreut?"

„Dazu habe ich nichts zu sagen, junge Frau."

„Und wie steht es mit Ihnen? Hat Metcalf nicht auch Ihnen geschadet? Wenn er auf Unzurechnungsfähigkeit plädiert, gibt er praktisch zu, die Verbrechen begangen zu haben. Sie haben oft gesagt, er sei Ihnen wie ein Sohn. Was für ein Gefühl haben Sie dabei?"

„Carmen, ich bin Hirte einer großen Herde. Ich kann nicht der Stein sein, über den andere stolpern. Ich muß stark sein und meine Sorgen dem Kreuz zu Füßen legen. Wir verstehen nicht immer die Wege des Lebens. Wir können nur Jesus um Kraft bitten, all das zu ertragen", sagte er lahm.

„Warum haben Sie ihn im Gefängnis besucht? Meine Informanten sagen, Sie waren mehrmals bei ihm."

„Aus rein seelsorgerischen Gründen."

„Verstehe", sagte ich. „Haben Sie ihm vergeben?"

„In der Bibel steht: Wenn dein Bruder dich beleidigt, tadle ihn, und wenn er bereut, vergib ihm."

„Und wie steht es mit dem, was er Rachel und Rebecca angetan hat? Ist das zu verzeihen?"

„Ich möchte Ihnen mit einer kleinen Weisheit antworten. Jesus sagt in Matthäus 18: Wer aber eines von diesen Kleinen, die an mich glauben, verführt, für den wäre es besser, daß ihm ein Mühlstein um den Hals gehängt und er in die Tiefe des Meeres versenkt würde."

Seine Stimme verschlug mir die Sprache.

Er fuhr fort: „Das bleibt unter uns. Rachel wird es an nichts fehlen. Sie kann an die Universität zurückkommen oder woandershin gehen. Vergessen Sie nicht, Carmen: Wir dienen einem mächtigen Gott. Er kann den zerrütteten Geist und das gebrochene Herz heilen."

Ich war unfähig, etwas zu erwidern. Taft hatte bei mir

heftige Gefühle ausgelöst – ich fühlte mich wie die Zwölfjährige, die sich im kirchlichen Zeltlager vor alle anderen hinstellt, um gerettet zu werden. „Carmen, Sie waren ein Instrument Gottes in dieser Sache. In der Bibel steht: Denn das Verborgene kommt ans Licht, das Versteckte wird bekannt werden. Was im Dunkel gesprochen wird, wird im Licht gehört und was im Verborgenen des Hauses gesprochen wird, wird von den Dächern verkündet werden."

Von Gott auserwählt, die Sünden der anderen von den Dächern zu verkünden. Eine schwierige Position. Ich wußte nicht, was ich sagen sollte.

„Haben Sie irgendeinen Kommentar über Blazers Rolle in diesem Fall?"

„Ich gebe zu diesem Fall keinen Kommentar. Er ist eine Sache Gottes und des Justizapparates."

„Das war's dann wohl, Reverend. Danke für den Rückruf."

„Ich werde für Sie beten, Carmen. Der Herr hat für jedes Leben einen Plan. Vergessen Sie das nicht."

***

Rachel betrat das Besuchszimmer des Psychiatrischen Krankenhauses von Frontier City und begrüßte mich mit vorsichtigem Lächeln. Wie sie in Hose und ausgeblichenem blauem Sweatshirt da vor mir saß, sah sie zerbrechlich und dünn aus.

„Wie geht es dir?" fragte ich.

„Es ist hart", sagte sie. Ihr Gesicht war voller Schmerz, aber sie sah wieder lebendig aus. „Ich bekomme nicht viele Medikamente. Endlich kann ich denken, fühlen und erinnern. Die Alpträume kommen fast ständig. Es tut weh. Es tut die ganze Zeit weh."

Ihr Schmerz überstieg meine Vorstellungskraft. Ich gab nicht vor, ihn zu begreifen. „Wann darfst du nach Hause?"

„Mein Arzt möchte, daß ich so schnell wie möglich rauskomme. Ich glaube, ich werde mich bald stark genug fühlen.“

„Das hoffe ich. Weißt du, Rachel, andere Menschen haben das auch durchgemacht. Ich glaube, im Gespräch mit ihnen wirst du viel Kraft und Unterstützung bekommen.“

Sie nickte und strich sich das kastanienbraune Haar aus der Stirn. „Das sagt mein Arzt auch. Ich habe bereits an Gruppentherapie teilgenommen.“

„Wenn du mit jemandem reden möchtest, ruf mich an.“

Sie nickte, sah mich aber nicht an.

Ich war schon fast aus der Tür, da rief sie: „Carmen.“

„Ja“, sagte ich.

„Würde es deiner Karriere nützen, wenn ich dir ein Interview gebe?“

„Rachel, wenn du je deine Geschichte der Öffentlichkeit erzählen möchtest, laß es mich wissen. Ich schreibe sie gern. Aber nur, wenn du sie wirklich erzählen willst. Tu es nicht für mich.“

„Danke. Für alles.“ Sie lächelte mich tapfer an.

Beim Hinausgehen begegnete ich Mrs. Moffett. In ihrem abgetragenen Blümchenkleid und Strohhut sah sie müde und mitgenommen aus.

„Ach, hallo“, sagte sie zu mir.

„Wie geht es Ihnen, Ma’am?“

„Man lebt so“, sagte sie. „Ich möchte Ihnen danken, für alles, was Sie für Rachel getan haben. Sie verletzt mich, aber die Ärzte sagen, das sei ein Teil ihrer Verarbeitung.“

„Das ist sicher schwer auszuhalten.“

„Ich möchte mich auch für meine Grobheit entschuldigen.“

„Sie haben versucht, Ihre Familie zu schützen.“

„Das ist mir nicht besonders gelungen“, sagte sie. „Meine Tochter starb an Tablettenvergiftung. Meine Enkelinnen wurden vom eigenen Vater mißbraucht. Eine ist tot. Ich war nicht sehr erfolgreich.“

„Es ist nicht Ihre Schuld. Metcalf war ein brillanter Hochstapler. Er hat eine ganze Gemeinde hinters Licht geführt. Er hat Lovell Taft hinters Licht geführt. Wie hätten Sie ihn durchschauen sollen?"

„Das stimmt vielleicht, aber es bedrückt mich trotzdem." Sie zerknüllte das Taschentuch, das sie in der Hand hielt.

„Rachel braucht Sie. Ich glaube, Sie können einander helfen."

Wir gaben uns die Hand, und ich ging.

***

Es war Samstagabend – mein erster Arbeitstag in der Redaktion. Am Ende der Schicht lud Sargent alle zu einem Drink im *Bailey's* ein.

„Carmen, Sie kommen mit."

„Ich muß wirklich nach Hause."

„Nicht kneifen, Sie Snob. Das ist ein Befehl."

Ich saß zwischen Sargent und Gruber, und die Kellnerin, eine Frau Anfang Zwanzig mit mikroskopisch kurzem Rock und rabenschwarzem Haar, nahm die Bestellungen des Redaktionsteams entgegen. Ich war die einzige Frau in diesem Haufen. Die Bar war alt und schäbig, ein Ort für starke Trinker.

Ich bestellte ein Ginger Ale, und Sargent warf mir einen mißbilligenden Blick zu.

„Ralph, ich muß noch fahren", erklärte ich.

„Ich rufe Ihnen ein Taxi", sagte Sargent.

„Ich will heute nicht trinken, Ralph."

„Ich bringe Sie nach Hause, wenn Sie sich vollaufen lassen wollen", bot Gruber an.

„Nein danke, Kumpel. Ich bleibe bei meiner Bestellung."

Sargent legte Mantel und Krawatte ab, um ungehindert trinken zu können, und bestellte einen doppelten Scotch, pur, den er schnell kippte. Gruber ließ sich ein Bud Light bringen und glotzte mich mit seinen braunen Augen an. Ich versuchte ihn zu ignorieren.

„Carmen“, sagte Sargent. „Ich möchte ein privates Wort mit Ihnen sprechen.“

Ich folgte ihm in eine abgetrennte Nische.

„Ich hatte einen Grund, Sie einzuladen“, sagte er. „Ich muß mit Ihnen reden und wollte das nicht in der Redaktion.“

„Sicher. Was gibt’s?“

„Es ist kein Geheimnis, daß Sie eine mutige Tat vollbracht und der Zeitung viele Peinlichkeiten erspart haben. Sie haben ferner den Namen dieser Frau reingewaschen.“

„Danke, Ralph.“

„Ich mußte bis zum Herausgeber gehen damit, aber Sie bekommen eine einmalige Prämie und eine Gehaltserhöhung. Glauben Sie nicht, daß ich Ihnen gegenüber von nun an nachsichtiger bin. Ihre Schlagzeilen müssen besser werden, Carmen. Sie brauchen mehr Biß.“

In dem Moment kam Gruber mit einem frischen Bier herüber. „He, kommt zurück, ihr beiden. Ich verderbt die Party. Private Palaver sind gegen die Regeln.“ Seine Aussprache war bereits ein wenig undeutlich. Er plumpste auf die Bank und legte seinen Arm um mich. Ich rutschte so weit wie möglich weg.

„Gruber, halten Sie sich raus. Wir haben uns hierher gesetzt, weil wir uns unterhalten wollen“, sagte Sargent. „Und hören Sie auf, die Dame anzuhimmeln.“

Gruber zog sich eingeschüchtert zurück.

„Jesusmaria, was für ein Arschloch. Kein Wunder, daß er nirgends landet“, sagte Sargent. „Wie geht es Ihrem Kopf?“

„Er tut fast nicht mehr weh. Ich habe nur noch eine kleine Beule; wohl kein bleibender Schaden.“

„Was ist mit dem Auto? Ist es noch zu reparieren?“

„Totalschaden. Die Versicherung wird nicht dafür aufkommen, weil ich es absichtlich zu Schrott gefahren habe.“

„Hören Sie, ich gehe noch mal zum Herausgeber und sehe, was sich tun läßt, damit Ihnen alle Kosten erstattet werden. Ich werde mich auch darum kümmern, daß Sie einen Rechtsbeistand in der Versicherungsangelegenheit bekommen."

„Ich weiß nicht, was ich sagen soll."

„Dann sagen Sie nichts. Und denken Sie an das, was ich über die Schlagzeilen gesagt habe." Der alte Marineinfanterist zwinkerte mir zu.

„Ich werde mich bemühen."

***

Am Montag zahlte ich meine Sonderprämie ein und schickte Raúl einen Scheck für das Darlehen. Er hatte mehrere Male angerufen, und ich hatte ihm alles ausführlich erzählt. Na, fast alles. Das nächste Kapitel der Geschichte würde von Julia handeln. Ende der Woche holte ich mir einen neuen Honda Civic. Die Zeitung war bereit, die Versicherungssache zu übernehmen.

Sonntagnachmittag telefonierte ich mit Grandma.

„Bitte", sagte ich.

„Nein."

„Sie hat dir mit das Leben gerettet."

„Gott wollte nicht, daß ich schon gehe."

„Sie hat ihr Leben für dich riskiert."

„Gut. Deines ruiniert sie."

„Könntest du nicht wenigsten auf einen Sprung vorbeikommen? Auf einen Tee oder Kaffee, und dann gehst du, wenn du dich nicht wohl fühlst."

„Du weißt, daß Tee mir auf die Blase schlägt."

„In Ordnung. Du mußt nicht kommen."

Später telefonierte ich mit Charles.

„Ich kann's kaum erwarten, daß du sie kennenlernst."

„Ich hoffe nur, daß sie Sinn für Humor hat“, sagte er.

„O ja, sie ist wunderbar. Du wirst sie mögen.“

„Hauptsache, du magst sie, meine Liebe.“

„Wie auch immer, ich bin so froh, daß du Weihnachten kommst. Viel Glück mit deinem neuen Beau.“

„Danke, Schatz. Diesmal ist es Fügung, das weiß ich. David und ich sind füreinander gemacht.“

Dann saßen Julia und ich draußen und betrachteten die Sterne am weiten Himmel über Oklahoma. Erstmals lag ein Hauch von Herbst in der Luft.

„Hast du dir überlegt, wo du im nächsten Semester wohnen wirst?“ fragte ich.

„Das Wohnheim ist vielleicht die billigste Lösung.“

„Wie wäre es, wenn du zu mir ziehen würdest?“

Julia sah mich an. „Bist du sicher, daß du mich haben willst?“

„Ich finde, wir sollten es uns überlegen. Du bist sowieso die ganze Zeit hier. Warum doppelte Miete bezahlen, wenn wir fast jede Nacht zusammen verbringen?“

„Meine Eltern sähen es äußerst ungern.“

„Na und? Sie mögen mich ohnehin nicht. Von Louanne gar nicht zu reden.“

„Und deine Großmutter? Sie wird Zustände kriegen.“

„Sie wird drüber wegkommen“, sagte ich. „Außerdem bist du meine beste Freundin, und ich liebe dich.“

Julia nickte. „Du bist auch meine beste Freundin. Und ich liebe dich. Glaubst du, wir kommen miteinander aus?“

„Ich denke, das wird kein Problem sein.“

Offensive Krimis Offensive Krimis Offensive

Claire McNab, Marquis läßt grüßen
ISBN 3-88104-277-6

Claire McNab, Bodyguard
ISBN 3-88104-264-4

Claire McNab, Das Ende vom Lied
ISBN 3-88104-242-3

Claire McNab, Ausradiert
ISBN 3-88104-217-2

Claire McNab, Tod in Australien
ISBN 3-88104-214-8

Penny Mickelbury, Nachtgesänge
ISBN 3-88104-270-9

Penny Mickelbury, Schattenliebe
ISBN 3-88104-258-X

Karen Saum, Panama Connection
ISBN 3-88104-230-X

Karen Saum, Mord ist relativ
ISBN 3-88104-209-1

Penny Sumner, Kreuzworträtsel
ISBN 3-88104-262-8

Penny Sumner, April, April
ISBN 3-88104-244-X

Pat Welch, Stille Wasser
ISBN 3-88104-249-0

Pat Welch, Das Blut des Lammes
ISBN 3-88104-218-0

Offensive Krimis Offensive Krimis Offensive